AF382054

Nach „Alles ok bei Ihnen?" und „Ling" ist dies die dritte Sammlung von Kurzgeschichten und Glossen der Autorin Ingrid Gabriel-Abraham. Sie ist bekannt für ihre liebevoll-ironischen Alltagsbeobachtungen, mit denen sie ihr Lebensumfeld und sich selbst auf die Schippe nimmt. Da geht es um Sportschau-Gucker, eine rattenscharfe Schwiegermutter und die emanzipierte Großmutter von Rotkäppchen. Mitunter werden aber auch ernstere Geschichten erzählt. Ingrid Gabriel-Abraham lebt mit ihrer Familie in Hohen Neuendorf.

Ingrid Gabriel-Abraham

Kann doch mal vorkommen

Geschichten aus dem prallen Leben

tredition

© 2024 Gabriel-Abraham, Ingrid

Druck und Distribution im Auftrag der Autorin:
tredition GmbH, Halenreie 40-44, 22359 Hamburg,
Deutschland

ISBN
Paperback   ISBN Paperback
Hardcover   ISBN Hardcover
e-Book   ISBN e-Book

Inhaltsverzeichnis

Vorwort

Das Schreiben bereitet mir Vergnügen. Darüber hinaus schätze ich sehr den Austausch über das Geschriebene in der AG Schreibmut des Kulturkreises Hohen Neuendorf. Alle unsere Texte gewinnen sehr durch die Kommentare und Anregungen der anderen Schreiberlinge. Nach unserem Motto: „Lesen tut gut - Schreiben braucht Mut" besprechen wir unsere Texte zunächst in der Gruppe, wir kritisieren und ermutigen uns gegenseitig. Einige Texte sind für Schreibmut – Lesungen mit einer bestimmten Themenstellung („Hinter der Maske", „Begegnungen") entstanden und dort gelesen worden, andere gingen „nur" durch die kritische Brille meiner Familienmitglieder, die wie mein gesamtes Umfeld immer wieder fürchten, darin vorzukommen. Keine Angst:

Einige hier vorkommenden Personen und Gegebenheiten mögen von einer Anregung aus meinem Alltag ausgegangen sein, sind aber frei erfunden.

Mein besonderer Dank geht an Wilfried Hildebrandt und Nadja Felscher für ihre peniblen Korrekturen.

Ingrid Gabriel Abraham

März 2024

Schön mit Euch

Carola sei Dank

Wie jetzt, ohne Maske? Nee, Leute, ohne ist nicht mehr. Ich habe mir ja das morgendliche Schminken so was von abgewöhnt. Maske auf, Mütze auf, wegen der nicht vorhandenen Frisur, Sonnenbrille für die Augenringe und los. Das spart Zeit und Nerven. Mitunter wird man nicht erkannt, ist doch ganz oft ganz gut so.

Diese Höflichkeitsverrenkungen im Gesicht sind nicht mehr nötig. Man kann grinsen oder nicht grinsen, den Mund vor Wut zukneifen. Keiner sieht es. Hinter der Maske die Zunge rauszustrecken als unsichtbare Antwort auf irgendeine blöde Frage, das ist mir leider noch nicht gelungen. Ich arbeite daran. Es wäre mitunter befreiend.

Einfach nicht reagieren, wenn man keine Lust dazu hat, das muss nicht fies wirken, sondern ruft auch mal ein schlechtes Gewissen hervor, weil der Sprecher nicht zu verstehen war. Er hat nicht laut genug gebrüllt hinter der Maske, war einfach schwer zu verstehen.

Auch dieser Schutz vor dem Sprühspeichel mancher Leute, vor diversen Gerüchen, deren Wahrnehmung man sich ersparen möchte, darüber habe ich mich gefreut.

Früher gab es ja diese Distanzlosigkeit, dieses dauernde Umarmen. Wenn man das auch nur bei einer neu vorgestellten Bekannten vermied, war das eine klare Botschaft: Bist mir nicht auf Anhieb sympathisch, bleib weg. Das wirkte unhöflich. Ich muss das jetzt nicht mehr über mich ergehen lassen. Diese Geste gilt jetzt als virenschleudernde Annäherung und bleibt den wirklich nur sehr ans Herz Gewachsenen vorbehalten. Manch einer hat auch einen Händedruck, dass einem die Luft wegbleibt. Bleibt mir auch erspart.

Und erst die Tests! Mütter, die ihren Kindern genüsslich mit Wattestäbchen in Ohren und Nase bohren, als wollten sie sich für die schlaflosen Nächte und vollen Windeln rächen und dies als Körperpflege tarnen, dürfen diese Tätigkeit nun auf den Rachenbereich ausdehnen und auch noch tiefer in die Nase eindringen, wenn sie dem Spross beim Schnelltesten helfen wollen. Da möchte man doch nochmal Mutter sein.

Schon meine Mutter sagte: „Nach 10 Uhr abends passiert draußen nix Gutes. Wirst noch an meine Worte denken." Mutter, ich denke an deine Worte. Ich will gar nicht ins Kino oder ins Theater. Bei mir gibt es höchstens noch Heimkino. Diese ganze Besucherei hat endlich aufgehört. Ich ertrage einfach nicht mehrere Menschen in einem Raum, Haushaltsfremde schon gar nicht. Ich fange sofort an zu lüften, auch im Winter. Das ist mir ein Grundbedürfnis geworden. Wenn man sich schon besuchen muss, dann höchstens draußen. Aber, ehrlich, Besuch wird überbewertet.

Jetzt, wo nicht mehr so viel getestet und nachgewiesen werden muss, braucht man sich nicht mehr irgendwelche windigen Entschuldigungen auszudenken, wenn man keine Lust hat, einer Einladung zu folgen. Und ich habe keine Lust. Ich sage einfach: „Kann nicht kommen, ich bin positiv." Das wird fraglos hingenommen. Herrlich!

Mehr als ein Gast bei mir, sagen wir mal ein Nachbar, das überfordert mich auch. „Thomas", habe ich neulich gesagt, „ehrlich, du kannst nicht mit deiner Frau zusammen kommen. Wechselt euch ab. Zwei Gäste auf einmal bin ich nicht mehr gewohnt. Das verkrafte ich nicht. Ich weiß dann gar nicht, mit wem ich zuerst reden soll. Und was überhaupt?"

Ich rede ja nicht einmal mehr mit den Postboten, Zustellern oder Verkäufern. Ich gehe ja auch kaum noch einkaufen und wenn das Bestellte kommt, verstecke ich mich hinter dem stets wachsenden Papphaufen, bis die Lieferung kontaktlos vor der Tür abgestellt wird. Bin einfach ganz für mich. Carola sei Dank, oder wie die heißt.

Rattenscharf

Meine Schwiegermutter war schon immer etwas schwierig gewesen, und seit sie Witwe ist, ist sie nicht einfacher geworden. Letztens war sie mal wieder zu Besuch. Ich holte sie vom Bahnhof ab und war heilfroh, dass es schon dunkel war, denn ich hatte es nicht geschafft, mein Auto zu putzen. Wenn ihr etwas wichtig war, dann war es Reinlichkeit. Sie war eine sehr attraktive Frau, hübsches Gesicht, immer noch eine gute Figur, sehr elegant gekleidet, ein leicht aufreizender Gang. Rattenscharf, lag mir auf der Zunge, aber ich sagte es natürlich nicht.

Wenn sie zu Besuch kam, putzte meine Frau tagelang alles aufs Penibelste, um wenigstens einen ersten oberflächlichen Eindruck von Ordnung und Sauberkeit in unserem Haus hervorrufen zu können. Auch dieses Mal glänzte unser Bad wie selten, die Küche war so aufgeräumt, dass ich sicher war, nichts mehr zu finden. Das Sofa war unwahrscheinlich hundehaarfrei, wo war überhaupt der Hund? Der saß ungewohnt still, frisch geduscht und davon möglicherweise traumatisiert unterm Esstisch. Die unverständliche Unruhe, die er seit einigen Tagen gezeigt hatte, besonders in der Nacht, hatte er vorübergehend eingestellt.

Der umherschweifende Blick von Gertrud verriet Misstrauen. Weil sie nicht gleich etwas fand, das ihr die Augenbrauen hob, ging sie umher, fasste auch hier und da mal an, böse Zungen würden sagen, auf der Suche nach Staub. Zunächst hoben sich nur die Augenbrauen meiner Frau und ich fragte Gertrud schnell, ob sie nicht ein Gläschen Sherry zur Begrüßung möchte.

Doch, ja, sie möchte. Sie hob das Glas prüfend gegen das Licht, setzte sich und nippte dann gemächlich das Getränk in sich rein. Der Abend verlief ganz gut. Meine Frau präsentierte ihren berühmten Hackbraten. Irgendwann gingen wir alle zufrieden zu Bett.

Am Morgen fiel mein Blick zufällig auf die Obstschale in der Küche. Ich hätte schwören können, dass darin drei Äpfel gelegen hatten. Jetzt waren es zwei. Na, okay, hat Gertrud eben nachts einen gegessen. Kann sie ja machen. Sie hatte ja auch gar nicht so viel Hackbraten gegessen.

Gertrud schwor aber, dass sie damit nichts zu tun und überhaupt geschlafen hätte, wie ein Murmeltier, was recht glaubhaft wirkte, da sie insgesamt sieben Glas Sherry getrunken hatte.

Beim Spaziergang durch den Garten sah ich geflissentlich darüber hinweg, dass Gertrud im Vorübergehen die eine oder andere verwelkte Blüte abzupfte und hin und wieder ihren Blick in den Rasen bohrte, genau da, wo ein unziemliches Unkraut den gepflegten Eindruck verdarb.

Dann setzten die ersten hilfreichen Tipps zum Fensterputzen ein, also wie man sie noch mehr zum Glänzen bringen könnte und so richtig in die Ritzen käme. Auch mit der Problematik von stets neu anfallenden Brotkrümeln befasste sie sich wiederholt. Sie hatte uns doch zu Weihnachten einen Tischstaubsauger geschenkt, wo war denn der nun geblieben? Bei einsetzender Wischerei verzog ich mich schleunigst ins Wohnzimmer, meine Frau studierte den Kühlschrank wegen zu tätigender Einkäufe und verschwand.

Gott sei Dank kochte Gertrud nicht so gerne und aß auch nicht besonders viel, soweit wir das beurteilen konnten. Schlank ist man ja nicht ohne Grund. Kochen mache nur Dreck, hieß es. Das ersparte meiner Frau und mir auf jeden Fall Platzhirschkämpfe am Herd. Wir schenkten ihr einen guten Weißwein ein und kochten gemütlich vor uns hin.

Das Essen lief ganz gut. Wir unterhielten uns über Chemie in Lebensmitteln, die Gefahren von zu viel Kaffeekonsum und Mittelchen gegen Kalkspuren in der Dusche.

Dann gingen wir satt und zufrieden zu Bett. „Brauchst du noch etwas, Gertrud?" – „Nein danke, ich habe alles, schlaft gut." Meine Frau beseitigte äußerst gewissenhaft noch alle Koch- und Essensspuren in der Küche und dann kehrte Nachtruhe ein.

Am nächsten Morgen stand der Brotkasten ein wenig offen, ein Brötchen fehlte und auf dem Küchenboden lagen Brotkrümel.

„Sag mal, Gertrud", fragte ich mit zugegebenermaßen süffisantem Unterton, „hast du so gekrümelt? Das sind wir von dir gar nicht gewohnt!"

„Wie kommst du denn da drauf", erwiderte sie empört, „ich war überhaupt nicht in der Küche. Und krümeln würde ich im Leben nicht."

„Also weißt du, Gertrud", mein Ton wurde sanfter, „wenn du nachts Hunger bekommst, dann kannst du dir natürlich etwas zu essen nehmen."

Es ging noch ein paar Mal hin und her, Gertrud schwankte zwischen Empörung und Verzweiflung – Krümel auf dem Boden sind ja ein schwerer Vorwurf – bis wir ihr schließlich glaubten. Aber wie dann waren diese Phänomene zu erklären?

Tatsächlich verschwanden in den nächsten Tagen noch so einige Lebensmittel auf unerklärliche Weise. Dann lagen eines Morgens vor dem Küchenschrank kleine schwarze Knubbel, also ich sage mal: in Wurstform. Das war höchst bedenklich. Es war nun klar, das war keiner von uns, auch nicht die Schwiegermutter. Also: Alarmstufe eins. Eine Ratten-Hinterlassenschaft in unserer Küche, und das bei all der geballten Hygiene; Augenbrauen heben reichte nicht mehr, meine Frau stieß lange spitze Schreie aus, meine Schwiegermutter fiel kreidebleich auf den nächsten Stuhl und ich suchte den Hund. Als Gertrud mittels eines Sherrys wieder zu Kräften gekommen war, verriet sie uns einen Trick, den wir umgehend umsetzten. Wir stellten einige mit Bier oder Sherry gefüllte Schalen auf und zogen uns samt Hund in den Garten zurück.

Nach etwa einer Stunde liefen die Nager ziemlich unvorsichtig und auch nicht mehr sehr zielgerichtet durch die Küche, sodass wir sie mit vereinten Kräften einfangen oder an Ort und Stelle abmurksen konnten. Gertrud schwang sehr effektiv eine große Schaufel und meine Frau versuchte es mit Stricknadeln Größe 10. Dann packte meine Killer-Schwiegermutter aber doch schleunigst ihre Sachen und ließ sich zum Bahnhof bringen. Sie meinte, wenn wir uns bald wiedersehen wollten, dann wohl eher bei ihr. Wir seien herzlich eingeladen.

Ein Kammerjäger durchsuchte im Lauf der nächsten Tage die Küche gründlich nach undichten Stellen, Nestern und Schlupfwinkeln und wünschte uns eine Nager-freie Zukunft. Auch wenn man nun gesehen hat, dass Hygiene nicht perfekten Schutz vor Ungemach bietet, stürzten wir uns freiwillig in eine erneute Küchen-Tiefenreinigung. Dann widmete ich mich dem Hund, der ja offenbar mehr gewusst hatte als wir und nichts unternommen hatte. Ich wollte ja schon immer eine Katze. Katzen machen auch weniger Dreck.

Genuss-Shoppen

Es ist ja nichts los, keine Party, keine Ereignisse. Sport ist gerade auch so freudlos, es ist ja arschkalt und regnet dauernd. Nicht mal der Hund geht gerne raus. Irgendwas muss passieren. Man muss sich mal wieder etwas Gutes tun, wegen der seelischen Hygiene.

Olaf und Siggi kaufen sich dann immer in einem ersten Schritt eine Angelzeitschrift. Die durchstöbern sie genüsslich, erst jeder für sich. Dann tauschen sie sich aus. Dieses Angebot an Ködern, Haken, Ruten, Rollen ist viel zu verwirrend und zu schön, um es alleine aufzunehmen. Was soll überhaupt dieses Mal der Zielfisch sein?

„Auf was gehen wir?", fragt Olaf, „Hecht oder Barsch?" – „ Guck mal nach den Schonzeiten", erwidert Siggi, als ob sie stets irgendwas fangen würden.

Wenn sich dann doch in mittlerer Ferne ein Angelereignis gemeinsam mit den üblichen Verdächtigen organisieren lässt, geht der Angler erstmal shoppen. Sonst finden sie Shoppen lästig, lassen sich alles mitbringen oder schicken, brauchen eigentlich auch nichts, lästern über den neuen Pulli in Mauve. Ist doch keine Farbe. Nun verabreden sich die beiden Angler zu einem Besuch im Angelladen. Als es so weit ist, sind sie aufgeregt wie vor einem Fußballspiel. Nehmen auch lässig eine längere Anfahrt in Kauf zum wirklich geilsten Angelladen in diesem Bundesland. Und der haut sie auch jetzt wieder um.

Von der Decke hängt ein Boot, an den Seiten unzählige Angelstühle und Watstiefel. Olaf wäre fast über ein grellbuntes paar Flipflops in Barschform gestolpert. Interessantes Design, der Fuß steigt in das Barschmaul ein. Ach nee, das ist nicht so das Richtige. Die Aufmerksamkeit richtet sich auf Haken. Die besten sind ja diese japanischen, heißen so ähnlich wie, ehm, Jiujitsu oder so. „ Guck mal, dieser Owner Mosquito hier. Optimale Bissverwertung hat er. Ein Anhieb und der sitzt", sagt Olaf, „ Superscharf und schön groß. Weiß ich von meiner Frau. Die hatte sich so einen mal in den Finger gerammt, als sie im Schuppen gewühlt hat. Der ging nicht mehr raus. Echt Hammer." – „Gibt's die auch im Zehnerpack?" fragt Siggi.

„Guck mal, der Misage Jighaken Magnum" (Nein, das ist kein Speiseeis.), hört Olaf jemanden neben sich raunen. Der spricht mit seinem Kumpel. Da muss man mal reinhören. Der Kumpel schwört gerade lang und breit auf Lebendköder, also Dendros in maxi und rät auch eindringlich zu einem Packen Ostseestinte. Nun ja, ist schon richtig. Olaf und Siggi gucken sich wissend an. Das

Profimotto „Fünf Maden und fünf Minuten" hatte ja einst die Vorstellung geweckt, praktisch sofort einen Karpfen dran zu haben. Als aber ein solcher Madenvorrat in Siggis Kühlschrank mal geschlüpft und das Kühlschrank-Innere schwarz von Fliegen gewesen war, hatte so der Haussegen schief gehangen, dass von da an nur noch Kunstköder infrage kamen.

Also jetzt mal Kunstköder gucken. Davon kann man nicht genug haben. Gehen doch manchmal verloren im Gebüsch, im Schlick oder in einem pfiffigen Fisch.

Olaf steht jetzt in der Softbaits-Abteilung, irre Farben umgeben ihn. Kann sich nicht entscheiden, ob er die längeren in den Farben Sputnik, Whisky oder Chartreuse nehmen sollte. Siggi steht bei den Dropshots und fragt: „Green Pumpkin oder Fluo Yellow?" Alles nicht so einfach. Und auch nicht alles möglich. Ein Wobbler-Set für Zander, mit dem einem alle unnötigen Entscheidungen abgenommen werden, kann ja z.B. schon mal schlappe 90,-Euro kosten. Der Verkäufer kommt hinzu. „Wenn so ein Zander mal träge oder beißfaul ist, weißt du, und du fängst ewig nichts, dann bringt das hier einen Biss nach dem andern. Beim Vertikalangeln erleichtert das einfach die Köderführung."

Auf jeden Fall ist klar, dass man was zum Anfüttern braucht und dass die Köder noch getunt werden müssen. Der Verkäufer rät zu dem Störteig mit Käseflavour und dem Lockstoff-Fläschchen mit Wurmgeschmack. Knoblauch wäre auch nicht schlecht. Ist auch klar, dass man das nicht selbst zuhause produzieren kann. Der Haussegen wäre wieder in Gefahr.

Die Rute ist die Basis, eigentlich hat man ja für jede Fischart eine andere, also insgesamt viele, aber bestimmt noch nicht die richtige. Und in dem Laden hört man dann: „Diese Zanderrute hat eine Spitzen-Aktion, bleibt steif, nur in der Spitze ist Aktion, weißt du, mit der kannst du richtig verwachsen. Und du spürst sofort, wann sie zieht." – „Genau, echt gefühlsecht", bestätigt der Verkäufer. „Die

Rute ist ok, aber guck, die Schnur, nee, die müssen beide zusammen." – „Und ein anständiges Vorfach brauchst du, kannst du geflochten haben oder eindrähtig in Titan. Ist butterweich."

Siggi und Olaf sind sehr moderne Männer, sie gehen jetzt Streetfischen, d.h. sie brauchen eine 4-Street-Rute, so was für holländische Polder. Hier geht es immerhin zur Havel. Olaf nimmt das Schmuckstück in die Hand und ist voll begeistert: „Ein echter Barschmagnet!" Ja, wirkt edel.

Das kann frau so nicht stehen lassen. Dieser männlichen Genusswelt muss etwas entgegengesetzt werden. Anna und Bettina organisieren sofort ein Wellness-Ereignis und trinken dort ein paar Sektchen. Anna leistet sich zudem wieder mal eine Kochzeitschrift. Natürlich braucht sie die nicht, denn erstens hat sie einige Kochbücher, zweitens gibt es lauter Rezepte im Internet und überhaupt kocht sie am liebsten ohne Rezept. Allerdings machen die Bilder von tollen Gerichten nicht so fett wie die Gerichte selber, das ist von Vorteil. Aber die Angelzeitschriften sind genauso überflüssig. Vom Lesen kommt kein Fisch auf den Tisch.

Aus Gründen der Gleichberechtigung in alle Richtungen muss nun noch was in Richtung Handarbeitsladen passieren.

Anna und Bettina verabreden sich zum Shoppen im Woll-Laden. Das ist ein durchaus vergleichbares Erlebnis. Man kauft ja nicht einfach nur Wolle. Das muss schön aussehen, einen nach Farben sortiert anlachen. Auch hier haben sich Werbefachleute viele Gedanken gemacht und alles sprachlich verdrechselt. Nichts ist einfach nur grün, es ist Olive oder Brennnessel.

Da steht ein Körbchen mit handgefärbter Drachenwolle, also in diesem Falle farbenfrohe Yak-Seide, genauer: der Verschmelzung von weichem Merino mit eleganter Maulbeerseide in den Tönen Erdbeerkind, Savannenflimmer und Alltagsmagier samt höchst attraktiver Lauflänge. An der Wand ein optischer Knaller: tweediges

Luxusgarn aus Merino und Fuchskusu mit rustikaler Anmutung, auch für Outdoor-Projekte geeignet. Und für Tücher wird die federleichte Handschmeichelei in Tangerine angeboten. Natürlich leistet man auch hier einen Beitrag zum Slow Fashion Movement mit der Marke Soul Wool. Die ist recycled und ein Alleskönner, u.a. in der Farbe Edelstahl. Warum als Sockenwolle ausgewiesene Knäuel den Namen Herzfaser tragen, weiß man nicht, aber sie sind unwiderstehlich, besonders der Sprenkel Nr. 5. erinnert frau auch irgendwie an Chanel.

Kaum bist du drinnen, wird klar, unter 1500 Gramm, kommst du hier nicht raus. Nicht dass zuhause nicht noch eine Menge Wolle liegen würde, die wird irgendwann verstrickt, das hier inspiriert aber schon wieder sehr. Es entfalten sich die waghalsigsten Pullover-Ideen, unterstützt durch einige herumhängende Musterstücke und einschlägige Strickanleitungen.

Es gibt ein nettes Eckchen, indem gelegentlich Strickkurse abgehalten werden. Und dieser Verkäufer! Der allein ist den Besuch wert. Er werkelt mal wieder irgendwas mit Nadelstärke 20 in trendigem Mint, während er für seine Strickfahrt im Mai wirbt. Ist immer sehr begehrt.

Und worin unterscheiden sich die shoppenden Männer und Frauen? Männer würden sich im Angelladen nie und nimmer darüber austauschen, wo ihre Frauen Wolle kaufen. Frauen sind da überhaupt kein Thema. Im Woll-Laden hingegen stöhnt die eine Kundin über die Angelladen-Besuche ihres Mannes und verkündet „Ich schenke mir hier jetzt auch mal was." Eine andere Kundin stimmt zu, ihr geht es genauso und sie fragt, in welchem Angelladen denn da geshoppt wird. „Was? In Zanderhausen? Also mein Mann fährt immer nach Schollendorf … Die sind die besten. Leider etwas weiter weg."

„Bei uns ist das ganz anders", sagt eine dritte Kundin, „ich gehe so oft Wolle kaufen, dass ich meinen Mann zum Ausgleich auch mal in den Angelladen schicke. Der geht aber immer nur hier im Ort shoppen. Eigentlich kocht der lieber."

Voll in Form

Es ist wieder mal Fußball-WM. Kalle und Willi haben sich für die nächsten zwei Stunden auf dem schon etwas ausgesessenen Sofa eingerichtet. Hinten Kissen, vorne Bier und Chips. Endlich gibt es mal wieder was Vernünftiges zu gucken in der Glotze.

Ihre Frauen Elli und Nelli sitzen etwas abseits, weil sie sich nicht so ganz auf das Geschehen konzentrieren und lieber etwas quatschen möchten. Die Aufmerksamkeit richten sie aber doch gelegentlich auf den Bildschirm, denn die Spieler waren alle vorher nochmal beim Friseur und haben Spektakuläres zu bieten. Naja, überhaupt, sind ja ansehnliche Waden und Oberkörper dabei. Kann man schon mal hingucken. Aber zugetackert sind die alle, nee, muss das sein? Egal, prost. Hier lieber Likörchen statt Bierchen.

„Na, nun beweg dich doch mal, du Lahmarsch", schimpft Kalle. „Meint der mich?", fragt Elli leise. „Nein", sagt Nelli, „der meint den Rechtsaußen-Verteidiger."

„Genau, echt schwache Leistung", stimmt Willi ein. „Wofür werden die denn bezahlt? Ja, klar, jetzt auch noch so eine Schwalbe. Mimose. Können alle nüscht aushalten. Und der Schulz ist ganz schön fett geworden, findest du nicht?"

„Höchste Zeit, dass die Lusche ausgewechselt wurde, bringt ja nix Richtung Tor. Der ist einfach nicht in Form. Nee, du, so wird das nix mit dem Sommermärchen, kannste knicken."

„Ich sach ja immer, alles eine Frage der Kondi", stimmt Willi zu und rülpst. Als die Mannschaft schließlich doch noch gewinnt, sind aber alle stolz. „Wir haben es denen mal wieder gezeigt", sagt Kalle.

„Komm, noch'n Bier, wieso sind die Chips denn schon alle? Wie wär's jetzt mit ner Currywurscht?" Alle kommen jetzt voll in Form.

Bei uns im Kiez

Auf dem leeren Grundstück am Ende der Straße schreit regelmäßig ein Mann um Hilfe. Wer das noch nicht kennt, horcht auf und überlegt, was da los ist, wie man dem Mann helfen kann und ob man jetzt die Feuerwehr rufen muss. Zwar kennt niemand diesen Mann wirklich, aber alle Anwohner wissen, dass er gar nicht in Not ist und einfach nur schreit. Er merkt das vielleicht gar nicht so, er macht auch keinen besonders verzweifelten Eindruck. Es ist ein Routinegeschrei. Auf dem Hin- und Rückweg sieht er immer sehr beschäftigt aus. Er läuft leicht gebückt, die Hände auf dem Rücken, die Füße weit voran, der etwas gebogene Körper folgt, als wäre er zu einem wichtigen Termin zu spät dran. Er hebt nie den Kopf, beachtet niemanden und wenn er gerade nicht schreit, murmelt er immer irgendwas in sich rein.

Nur wenn er der kleinen dicken Frau mit dem Dutt begegnet, schaut er kurz hoch, widmet ihr einen tadelnden Blick, kurzes Kopfschütteln, mehr nicht. Auch sie läuft täglich geschäftig durch die Straßen. Man weiß, dass sie gerne die Blumen der Nachbarn pflückt, ihre Pflanzen ausbuddelt und ihr Obst erntet, wenn sie nicht zuhause sind. Das hat natürlich schon für eine Menge Ärger gesorgt. Aber ihre Verwandten konnten das den Betroffenen meistens erklären: „Wissen Sie, die Frau braucht diese Raubzüge für ihr seelisches Gleichgewicht. Wir werden für Ausgleich sorgen. Wie immer." Sie tun das, weil ja schließlich das Raubgut stets in der Verwandtschaft verteilt wird. Sie sehen das vielleicht als eine Art Lieferservice ohne Bestellung.

Etwas schwieriger ist es mit dem alten Monster im Rollstuhl. Der fährt, seine Mittagspause ausgenommen, den ganzen Tag durch den

Ort und das in einem guten Tempo. Er rempelt öfter mal jemanden an oder fährt irgendwas um. Man dachte erst, das passiert, weil er nicht mehr so gut sieht. Aber nein, er tut das einfach gerne, entschuldigt sich auch nie. Es entfährt ihm höchstens ein kleines „Hoppla!", gefolgt von einem verdrückten Grinsen. So hat er mal fast einen Kinderwagen umgestürzt und der alten Frau Müller auf dem Gehsteig forsch den Weg abgeschnitten, sodass ihr der Rollator entglitt. Wenn er in einer Behörde erscheint und dort durch die Gänge saust, müssen alle schnell zur Seite springen.

Im Wartezimmer saß er einmal neben einer Frau mit Krücken. Seinen Rollstuhl hatte er auf der Straße gelassen. Als er dran war, bat er sie um ihre Krücken, verschwand mit diesen im Flur und ward nicht mehr gesehen. Das hatte ihm offenbar so einen Spaß gemacht, dass er eine Woche später im Einkaufszentrum noch etwas forscher im Vorbeifahren einer alten Dame den Stock entriss und damit verschwand. Was hatte die schön geschrien!

Nur der große schlanke Mann, der tagaus, tagein und bei jedem Wetter am Rand der B 96 steht und lachend den Autos zuwinkt, findet ihn nicht bedrohlich. Er winkt auch ihm zu. Den findet der Rollstuhlfahrer offenbar selber so gruselig, dass er einen großen Bogen um ihn macht.

Den Mann auf dem Friedhof verschont er jetzt auch. Er wollte ihn einmal anrempeln, als der plötzlich hochblickte und ganz leise „Hilfe!" hauchte. Das war ja wirklich beunruhigend. Nun ja, bei dem kommt ja sowieso keiner dem Hilferuf nach. Bei uns im Kiez hört man über vieles hinweg.

Null Bock

Müllers sind eine Patchwork-Familie. Daher kommen bei ihnen zu Weihnachten vier erwachsene Söhne und deren Familien sowie manchmal auch die ehemaligen Ehepartner mit Anhängen, die ja auch ihren Eltern- und Großelternanteil in dieser Runde haben, mit ihren neuen Partnern zusammen. Die Müllers haben Platz und gute Nerven. Sie haben stets dieses Fest gestaltet. Doch mit den Jahren fühlten sie sich dem alljährlichen Hotel- und Gaststättenbetrieb in ihrem Haus, den logistischen und kulinarischen Herausforderungen immer weniger gewachsen. Ein liebevoll geschmückter Baum, Suppe, Gänsebraten, Nachtisch, selbst gebackene Plätzchen. Das ist alles doch etwas anstrengend geworden.

Die Jungs sind doch auch mehr als groß. Also warum feiern wir nicht mal in einer von deren Familien? Das warfen sie in die Runde.

Zum nächsten Weihnachtsfest lud also Franks Familie ein. Übernachtungen waren nicht erwünscht und eigentlich auch aus Platzgründen nicht möglich. Im Wohnzimmer stand ein schöner Baum, über den ein paar bunte Bänder geworfen worden waren. Alle Gäste tranken gemütlich ein Bier zusammen, jeder hatte einen Beitrag zum Büffet mitgebracht, nichts Besonderes, aber essbar. Ein paar Tiefkühl-Frühlingsrollen, ein paar Ofenkartoffeln, eine Schafskäse-Auswahl vom Türken um die Ecke und ein paar Gemüseschnipsel mit Dip. Erst zu vorgerückter Stunde wurde öffentlich von Oma Müllers Gänsebraten geträumt und man hätte sich nun doch eine Übernachtung gewünscht.

Ein Jahr später war Jonas dran. Kein Baum, macht zu viel Dreck und ist auch nicht besonders umweltbewusst. Es wurde erst zum ersten Weihnachtsfeiertag geladen, Heiligabend feiern wir hier nicht, da kommen ja alle erst von der Arbeit. Man tauschte morgens die Geschenke und labte sich beim Brunch. Wieder viel Mitgebrachtes, viel Toastbrot mit lecker Schafskäse, Oliven und irgendein Salat.

Hanno und seine Frau sind nicht so belastbar, luden dann aber auch ein. Man verabredete, sich nichts zu schenken, zu viel Stress und was soll dieser Konsumwahn. Lasst uns stattdessen etwas spielen. Alle hatten die verschiedensten Getränke mitgebracht. Als irgendwann Hunger aufkam, war man gut vorbereitet: Man wusste, welcher Pizza-Service noch aufhatte und bestellte für alle.

Nun war Gerald dran. Wieso eigentlich erst jetzt. Der hat doch auch viel Platz. Es war ein kurzes Zusammentreffen bei Kaffee und Weihnachtsplätzchen rund um den Kiefernstrauß, immerhin mit Julklapp.

In diesem Jahr wünschte die gesamte Müller-Familie sich sehnlichst ein Fest mal wieder bei den Eltern. War doch immer so gemütlich. Die allerdings hatten beschlossen, einfach zu verreisen.

Wir übten bei Schreibmut das Schreiben. Mit einer zufällig zustande gekommenen Wortmischung sollten wir einen halbwegs sinnigen Text erstellen und ich kam – ich weiß nicht, wie – auf das Thema Migration:

Erkenntnisgewinn

Wie bei den Menschen gibt es auch bei den verschiedensten Tierarten Wanderer, ja auch Ein- und Auswanderer, Migranten.

Südamerikanische Spinnen oder Schlangen setzen sich in irgendeine Bananenkiste und lassen sich nach Amsterdam transportieren, sozusagen als späte Rache oder **Denkzettel** für die aus Europa eingeschleppten Masern. Sie sind gefährlich. Sie können uns mit ihrem Gift ordentlich zusetzen, werden aber meistens umgehend beseitigt.

Eine Läuse-Art aus Asien klebt sich an die Schuhe europäischer Urlauber, um dann in Niedersachsen Erdbeerpflanzen zu befallen, also eine Nahrungsquelle zu bedrohen. Die sind schwer wieder loszuwerden.

Eine amerikanische Krabbenart hat es bis in Brandenburger Gewässer geschafft, um dort allen anderen Bewohnern alles wegzufressen. Welche Wege diese nahmen, weiß man nicht, da gibt es merkwürdigerweise viel *Geheimniskrämerei*. Das liegt vielleicht auch daran, dass sie sich auf den Speisekarten einiger Edelrestaurants sehr gut ausnehmen. Sie bedrohen die Artenvielfalt, aber mit denen kann man verdienen. Also werden wir uns vermutlich an sie gewöhnen und uns in Toleranz üben müssen.

Was kommt denn noch? Als ich gestern aus dem Fenster sah, zog gerade eine *Lamaparade* vorbei, spuckte ein bisschen um sich, sah sonst aber ganz friedlich aus. Das sind ja äußerst nützliche Tiere, ziehen zwar Fliegen an, produzieren aber exzellente Wolle. Die Frage ist: Kommen die hier überhaupt klar?

Wenn ich mir etwas wünschen könnte, dann wäre das mal die Einwanderung einer *Eier legenden Wollmilchsau*. Wenn die alle anderen Arten verdrängte, wären wir trotzdem rundum versorgt. Hier spricht alles für Integration.

Kann doch mal vorkommen

Ein Schlüsselerlebnis

Einmal im Jahr gehen Vater und Sohn zusammen auf Angeltour. Sie sind dann weg, auch über Nacht. Darauf freue ich mich jedes Mal. Ich verabrede mich an diesen Tagen nicht und gehe nicht aus, denn ich habe dann das Haus für mich, räume auf mit dem schönen Gefühl, dass alles wenigstens für kurze Zeit so bleibt.

Während die beiden also Keller und Schuppen nach ihrem Camping- und Angelkram durchwühlten, besorgte ich mir auch dieses Mal vorsorglich die Zutaten für mein Lieblingsessen, das die beiden ja nicht mögen, Leber mit Zwiebel und Apfel, und eine kleine Flasche Sekt. Ich überlegte mir auch schon, was ich abends im Fernsehen sehen würde, so ganz ohne Debatten und Kompromisse. Während die so packten, ging ich lieber aus dem Weg, verzog mich in irgendein Gartenbeet und widmete mich dort intensiv dem Unkraut.

Als sie dann endlich losfuhren, wurde es schon Abend und etwas kühl. Es war ein schöner Sommertag gewesen, weshalb ich nur leicht bekleidet war, auch nicht in den besten Fummeln, wegen der Gartenarbeit. Ich sah also aus wie ein Erdarbeiter nach einem 14-Stunden-Tag, begann zu frieren und es meldete sich ein kleiner Hunger. Zeit reinzugehen, ausgiebig ein warmes Bad zu nehmen und dann mit meinem individuellen Abendprogramm zu beginnen.

Natürlich hatte ich wie immer vorsorglich mein Schlüsselbund in der Hosentasche. Als ich nun das Haus aufschließen wollte, war aber aus unerfindlichen Gründen der entscheidende Schlüssel, der Hausschlüssel, nicht mehr dran. Das konnte ja wohl nicht wahr sein! War er irgendwo abgefallen?

Ich suchte akribisch den ganzen Weg ab, ging ums Haus, schaute unters Auto und sogar in die Mülltonne und wühlte im Kompost.

Kein Schlüssel, nirgends. Er steckte auch nicht in der Tür oder im Briefkasten. So, was nun?

Wer hatte noch Schlüssel zum Haus? Die Familie war über alle Berge und nicht dafür bekannt, bei einer solchen Tour erreichbar zu sein. Wahrscheinlich hatten sie ihre Handys sowieso zuhause gelassen, damit sie nicht in den See fielen. Womit sollte ich auch irgendwen anrufen können, wo doch mein eigenes Handy und Telefon im Haus lagen?

Nachbar Schulz war schon seit einer Woche in Urlaub, Nachbar Krüger hatte auch einen Schlüssel, aber der machte gerade einen Wochenendtrip auf seinem Boot. Er hatte seinen Hund im Haus gelassen, damit dort niemand einbricht. Es war die Art von Hund, bei der man auch wirklich nicht einbrechen möchte, groß wie ein Kalb, laut wie eine Rockband und völlig neurotisch. Für den war der Zaun erhöht und mit Elektrodraht versehen worden, damit er nicht rüber springt und mit den Passanten das macht, was die befürchten. Sie wechselten auch so schon stets die Straßenseite.

Nachbar Krause war noch da, die Betonung liegt auf „noch". Auch er hatte schon gepackt und wartete nur noch auf die Freunde, die in seiner Abwesenheit in seinem Haus wohnen würden. Trotz meiner ramponierten Erscheinung klingelte ich bei ihm und bat um Mitleid.

Bis zu seiner Abfahrt bemühte er sich redlich, bei uns einzubrechen. Er machte sich mit seiner Kreditkarte und anderen Werkzeugen an unserem Türschloss zu schaffen, entdeckte ein offenes Klofenster, das aber zum Einsteigen deutlich zu schmal war. „Nicht verzweifeln", sagte er. „Ich habe ja einen Schlüssel für Krügers Haus, für alle Fälle. Du könntest da übernachten." Nun ja, das sicher nicht. Aber vielleicht könnte ich bei Krügers nach meinem eigenen Schlüssel suchen.

Aber auch bei zunehmendem Leiden an kalten Füßen und knurrendem Magen baute ich Widerstand auf. Keine zehn Pferde hätten mich in einen Raum mit diesem Höllenhund gebracht. Nachbar Krause auch nicht. Das war wirklich keine Lösung. Mal abgesehen davon, dass die ganze Bude wahrscheinlich tierisch nach Hund stank, diese Aktion hätte sicherlich im Krankenhaus geendet. Den Nebengedanken, dass es da ja schön warm war und es sicherlich eine Dusche und vielleicht irgendwas Abendbrot-Taugliches gab, verdrängte ich sofort.

„Lass mal", sagte ich tapfer zu Krause. „Hau du mal ab, ich komme schon klar." Er fuhr und ich suchte mir im Schuppen eine alte Plane zum Zudecken, spülte tapfer den gröbsten Dreck von meinen Gliedmaßen mit dem kalten Gartenschlauch ab und fand an meinem Pflaumenbaum noch ein paar madenfreie Früchte und im Beet eine frühreife Gurke. Die Nacht verbrachte ich auf der Hollywoodschaukel unter der Plane (ich hasse diesen Plastikgeruch) und freute mich sehr, dass es nicht auch noch regnete. Ich wachte im Morgengrauen davon auf, dass mich etwas im Rücken pikte, wühlte mich aus der Plane und der Schaukel und konnte es nicht fassen: Da lag ein Schlüssel, nein da lag **der** Schlüssel. Wild vor mich hin fluchend, es war ja weit und breit keiner da, der mich hören konnte, und dennoch hocherfreut, schloss ich die Tür auf und ging im Haus zügig daran, mein Programm abzuarbeiten: Badewanne, nettes Essen, aber Sekt am Morgen – lieber nicht. Und das Fernsehprogramm ist am Vormittag noch schlimmer als sonst. Das auch nicht. Also ein warmer Kaffee und ein aufgebackenes Brötchen, keine Leber. Gerade wollte ich die Zeitung aufschlagen, wenigstens die könnte ich jetzt noch ganz individuell genießen, da hörte ich schon das Auto. Die Haustür ging auf und die Männer fragten fröhlich – freundlich: „Na, hast du eine schöne Zeit gehabt?"

Neulich in der Firma

Immer wieder Hindernisse. Sie sollten Messungen durchführen. Allerdings war das Messgerät defekt. Also gingen zwei Kollegen in Worten: zwei, ins Bauhaus und besorgten dort die nötigen Schrauben, wirklich nur Schrauben, um das Gerät zu reparieren. Auch frisch verschraubt funktionierte es leider immer noch nicht. Nun stellte sich heraus, dass die Batterien leer waren. Kein Problem. Neue Batterien gab es oben im Büro. Sie wurden geholt, eingesetzt und nichts ging. Sie waren noch originalverpackt, aber, wie sich bei näherem Hinsehen herausstellte, fünf Jahre alt und leider durch. Neue zu bestellen, würde dauern. Man würde die Messung erst in sechs Wochen nachholen können.

Dann kam irgendwann die Feststellung: Nicht nur kein Kaffee mehr da, auch die Kaffeemaschine hatte ihren Geist aufgegeben. Naja, es ist ja eigentlich auch ungesund, so viel Kaffee zu trinken. Aber immer, wenn ein Kollege an der Kaffeeküche vorbeikam, warf er einen verstohlenen Blick hinein. Vielleicht war ja wunderbarerweise doch schon wieder Kaffee von irgendwoher gekommen.

Nach zehn kaffeefreien Tagen hielt es Ilse, die Sekretärin, nicht mehr aus. Sie machte sich daran, Kaffee zu bestellen. Dann fiel ihr aber siedend heiß ein, dass sie dazu gar nicht befugt war. Ihre Befugnisse erstreckten sich auf die Bestellung von Büromaterial und Ersatzteilen für technische Geräte, auch Batterien, und sonst gar nichts. Kaffeemaschine und Kaffee gingen nicht.

Sollten andere Dinge bestellt werden müssen, bedurfte es einer Freigabe durch den Geschäftsfeldleiter. Der Wunsch nach Kaffee stand inzwischen so deutlich im Raum wie eine Gewitterwolke am Horizont. Deshalb wurde dieser Antrag auf Freigabe gestellt und sogar befürwortet. Dann aber erfuhr man, dass außergewöhnliche Bestellungen über die Zentrale gehen müssten. Das konnte dauern. Man rief alle zwei Tage dort an: „Wo bleibt der Kaffee?" Und bekam zur Antwort: „Das hängt in der Luft." Die Luft im Büro wurde allmählich dicker, ganz ohne Kaffee.

Weil Azubis in einem Betrieb voller Ärger immer am meisten davon abbekommen, beschlossen zwei von ihnen, jetzt mal zur Tat zu schreiten. Sie gingen zu Aldi und kauften ein Glas Nescafé und etwas Dosenmilch.

Die Reaktion im Kollegium war verhalten. Die Azubis hatten deutlich ihre Kompetenz überschritten. So viel Eigenmächtigkeit konnte man doch nicht durchgehen lassen. Und dann so ein untrinkbares Zeug! Dann fiel plötzlich jemandem ein, dass die Abteilung im ersten Stock eine niegelnagelneue Kaffeemaschine hatte. In den folgenden Tagen ging man in den Pausen regelmäßig zu denen zu Besuch, nur so auf einen Pausenplausch und ein bisschen schnorren. Bis mal einer leichtsinnig fragte, wie die in der ersten Etage denn an ihre Kaffeemaschine gekommen waren. „Wir haben zusammengelegt. Jeder 1 Euro." Ganz schön pfiffig.

Was für ein Schrank

Ich könnte nicht mehr sagen, ob die Tür weiß oder gelb war und welche Klinke sie hatte, ob die Tische in diesem Klassenraum sehr beschmiert waren und welches Fenster kaputt. Aber dieser Schrank ist mir nachhaltig im Gedächtnis geblieben. Hellbraunes Holz, links mehrere kleinere Fächer, rechts gar keine, wahrscheinlich noch nie, als Buchablage eher ungeeignet. Sehr groß , sehr sperrig. Dort lagerten aber immerhin einige Atlanten, Duden und bunte Kreide. Die Schranktür stand meist offen, das Schloss war schon länger kaputt. Der Hausmeister hatte nie Zeit, es zu reparieren.

Wenn ich zu Beginn der Stunde den Raum betrat, saß oft Paul oben drauf und warf Papierkügelchen runter, manchmal auch einen Stuhl. Paul war ein ADHS-Kind, damit musste man klarkommen.

Wenn der Anfall vorbei war, konnte man ihn auf einen ganz normalen Stuhl setzen und er schrieb nobelpreisverdächtige Texte.

Die Wutanfälle von Karl endeten oft damit, dass er den Kopf lange unter den Wasserhahn hielt und dann sein langes Haar ausschüttelte wie ein Bernhardiner. Seine Sitznachbarn hatten daher immer einen Regenschirm hinter sich liegen. Aber manchmal saß Karl ganz trocken dicht vor dem offenen Schrank, Kopf drinnen, und guckte uns alle nicht mit links an. Seine Körpersprache sagte: Bin gar nicht hier. Macht das hier heute ohne mich.

Wir haben auch immer mal wieder in einer Ecke des Schranks Papier aufgespannt, falls Lars wieder einen seiner Wutanfälle bekam. Er lief dann orangerot an, die Haare standen hoch und es gab nur eins: ins Papier boxen und anschließend noch ein paar Papierbälle hinterherpfeffern. Das war er von zu Hause gewohnt, da machten die das alle so und es half offensichtlich.

Der Geschichtskollege begann seine Stunde stets mit einer eigenhändigen, gründlichen Tafelsäuberung. Weil ihm ein paar übermütige Schüler in den Tafeleimer gepinkelt hatten, brachte er nun immer seinen eigenen kleinen Eimer mit. Der schöne große Klasseneimer stand meist ungenutzt im Schrank.

Eher tragisch der Tag, als der Schrank geschlossen war. Erst nach einer ganzen Weile, der Unterricht lief, ertönte ein etwas klägliches „Hallo" aus dem Schrank, dann ein Klopfen. Warum war denn Uli bisher nicht vermisst worden? Übermütige Mitschüler hatten ihn in den Eimer gestopft und die Schranktür zu geklemmt. Uli wurde befreit und klopfte sich rotgesichtig Papierfetzen von der Hose.

Anna, die offenbar bereits ihre Fähigkeiten für eine spätere Schauspielkarriere testete, saß dem Schrank am nächsten. Wenn sie merkte, dass sie diese Klassenarbeit nicht erfolgreich bewältigen würde, setzte sie eine ihrer Ohnmachten ein, fiel einfach vom Stuhl und mit dem Gesicht hinter die Schranktür , so dass man nicht gleich sehen konnte, dass sie dort nach der Wirkung Ausschau hielt.

Was nun aber wirklich nervte und außerhalb der Routine geschah, war dies: 6. Stunde, draußen 28 Grad, alle waren am Limit. Ich hatte den Tag ohnehin heiser begonnen und nun war die Stimme ganz weg. Die Schüler rissen sich halbwegs zusammen, um der Stunde einen Sinn zu geben. Da klopfte es laut. Der Hausmeister erschien und musste jetzt, genau jetzt, den Schrank reparieren. Er klopfte und hämmerte und schmiss den Schrauber an. Es war ein ganz ungünstiger Moment für so was. Ich muss nach nahender Ohnmacht ausgesehen haben. „Lassen Sie mal", sagte Ole aus der ersten Reihe zu mir und ließ unter dem engen T-Shirt seine Brustmuskeln spielen. „Ich übernehme das." Was auch immer.

David oder Goliath?

Sechsunddreißig angehende Intellektuelle auf einem Haufen, das an sich kann schon sehr anstrengend sein. Wenn die dann noch in der Pubertät sind, braucht man wirklich starke Nerven. Es war eine 10. Klasse mit erster Fremdsprache Latein, alle aus sehr gebildeten Elternhäusern, sehr anspruchsvoll, sehr kritisch, aber auch sehr leistungsfähig. Sie waren mein beruflicher Einstieg, meine erste eigene Klasse, nach zwei Jahren konnte ich auch sagen: meine besten Ausbilder.

Mit der neuen Lehrerin musste die Klasse auch noch einen neuen Mitschüler verkraften, David. Man hätte denken können, dass dem der Anfang in dieser Gruppe von Alphatieren seinerseits nicht leichtfallen würde. Er kam eher unscheinbar daher, sehr schmal, unauffällig, nicht besonders modisch gekleidet, ein bisschen pickelig, eher still. Als einziges besonderes Kennzeichen trug er einen alten Herrenhut. Es dauerte allerdings nicht lange, bis mehrere

Leute in der Klasse auch so einen Hut hatten und auch sonst versuchten, Davids Art zu imitieren. Albernheiten oder unnötige Aufgeregtheiten, über die er nur still lächelte, ließen allmählich nach. Irgendwie verbreitete er Unaufgeregtheit. Keine Ahnung, wie er das machte, aber einer Lehrerin kann einfach nichts Besseres passieren, als dass ein vernünftiger Mensch psychologischer Leithammel in einer schwierigen Gruppe wird.

Normaler Unterricht ging gar nicht. Als ich nach und nach feststellte, dass das nicht nur mir, sondern auch fast allen anderen, gestandenen Lehrern so ging, galt es, neue Wege zu beschreiten. Das Ergebnis war ein sehr handlungsorientierter Unterricht. Lehreraufgabe: Themensuche, Materialbeschaffung, Organisatorisches. Der Unterricht wurde nun arbeitsteilig und nach strengen, gemeinsam aufgestellten Regeln von kleinen Schülergruppen gestaltet und durchgeführt. Bewertet gemeinsam und ich denke heute noch, gerecht. David war einer unter vielen, arbeitete sehr ernsthaft und ruhig. Das Ergebnis war spektakulär. Manche Fachlehrer verzichteten auf den pünktlichen Beginn ihrer Stunde, setzten sich dazu und hörten staunend zu, was die da machten.

Nach den Ferien war David plötzlich weg. Seine Eltern wollten sich einen Traum erfüllen, die Familie war nach Bayern gezogen. Es dauerte allerdings nur drei Wochen, dann saß David wieder bei uns auf seinem Platz und schimpfte ausführlich auf die bayrische Schule, die er besucht hatte. Die Lehrer seien stinkkonservativ und autoritär, die Schüler reine Auswendiglerner. Er wohnte in einer WG, in der Freunde seiner Eltern lebten. Zu seinen Eltern hatte er keinen Kontakt, er nahm ihnen übel, dass sie bei ihren Lebensplänen so wenig Rücksicht auf ihn genommen hatten. Offenbar hielten sie ihn auch für alt genug, jetzt allein klarzukommen. Sie telefonierten regelmäßig mit den WG-Freunden, aber die schienen nur Frohsinn zu übermitteln. Alles bestens.

Wirklich alles gut? Eines Abends, recht spät schon, klingelte es bei mir, David stand vor der Tür. Keine Ahnung, woher er meine Adresse hatte. Er bräuchte jetzt mal Hilfe. Die WG, in der er wohnte, sei so gar nichts für ihn. Sie tue ihm nicht gut, er müsse da dringend raus. Warum? Na, die sind den ganzen Tag nur mit allem Möglichen zugedröhnt; immer wieder Neuzugänge, kein geregelter Tagesablauf. Lernen und arbeiten kann man da nicht. Und so wie die wolle er auch nicht enden. Ja, uff, David, was nun?

Er wusste es ganz genau. Er wollte eine eigene Wohnung, aber ohne erwachsene Hilfe ging das nicht. Die Funkstille zwischen ihm und seinen Eltern wollte er nicht unterbrechen. Ämter und andere Anlaufstellen waren ihm nicht geheuer und damals auch nicht sehr verfügbar. Lektion für die Lehrerin: pubertäre Jungen sind nicht immer blöd.

Mit viel Glück gelang es tatsächlich, ihm eine kleine Wohnung zu beschaffen und ihn zu einem Brief an seinen Vater zu überreden. Der Vater antwortete umgehend und sehr beschämt, übernahm Bürgschaft und Miete, ließ sich aber nicht blicken. Weitere Hilfe brauchte David nicht. Mit seinem Vater schrieb er sich hin und wieder Briefe. Er arbeitete solide vor sich hin, brachte gute Leistungen und ging seinen Weg bis zum Abitur. Danach wollte er Pädagogik studieren.

Lehrerin und Schüler haben nie wieder darüber geredet, all dies niemandem erzählt. Aber er ist mir als einer unter vielen im Gedächtnis geblieben. Ich wüsste gern, was aus ihm geworden ist. Ob das umgekehrt auch so ist?

Fahrradkurs

Herr Otto, mein Physiklehrer, ist ein cooler Typ. Voll der Biker. Der ist immer nur mit dem Fahrrad zur Schule gekommen, obwohl er wirklich nicht gleich um die Ecke wohnt. Am Wandertag hat er mit der Klasse eine Radtour gemacht, wir waren total fertig. Er nicht so, denn sein Rad bringt's. Zwanzig Gänge, KTM – Kurz Moto Trekkingrad, leicht, Alu-Rahmen Shimano – Schaltung, was für Zahnräder! Irre leise Übergänge. Und dann haben wir auch gemerkt, wie pingelig der damit ist, ölt das immer ein und schraubt dran rum oder putzt es. Ich hätte es immer wieder erkannt. Der Sattel, naja, muss man sich wohl einsitzen.

Montags erzählt er immer, was für eine coole Tour er mit seinem Freund gemacht hat. Also ehrlich, ich würde auch gerne mal so ein Ding fahren.

Er pflegt dieses Fahrrad sehr liebevoll und schließt es auch stets mit zwei schwer zu knackenden Schlössern an.

An einem Mittwoch habe ich gesehen, wie er wieder schnell zum Bäcker in unserer Straße fuhr, Frühstücksbrötchen für die Familie holen. Er hatte es so eilig, dass er sein Rad einfach draußen gegen den Baum lehnte. Normalerweise kann man ja durch die Scheibe sehen und sein Rad im Auge behalten. Ich konnte sehen, dass er drinnen einen Freund traf, der ihn gleich mit irgendwas vollgetextet hat. Dem hat er so halb zugehört, die andere Hälfte seiner morgendlichen Aufmerksamkeit hat er den Brötchen und der Verkäuferin gewidmet. Keine Augen mehr für das Fahrrad.

Also jetzt oder nie. Ich habe mir das Bike nur mal kurz ausgeliehen. Wollte es einfach auch mal fahren. Nur mal so ein Gefühl unterm Hintern haben. War auch cool. Ich habe eine schöne große Runde gedreht, bin ein paar Mal umgefallen, sind ja megadünne Reifen, und dann habe ich wohl zu lange auf den Tacho geguckt und eine Laterne gerammt. Egal. Ich hatte mir leider nicht so richtig überlegt, wie ich es zurückstellen würde. Das ging dann auch nicht. Als ich zum Bäcker zurückkam, war der Otto schon weg. Logisch eigentlich. Das Rad einfach so da hinstellen, das ging ja nun auch nicht. Nachher hätte das noch einer geklaut!

Naja, und dann wurde es etwas ungemütlich. Im Unterricht hatte Herr Otto echt schlechte Laune. Am Ende der Stunde erzählte er einigen Schülern, ihm wäre sein Fahrrad geklaut worden und in der nächsten Freistunde würde er erstmal Anzeige erstatten. Dann hat er lauter Aushänge gemacht, in der Schule, vor der Schule, vor dem Bäckerladen, am Bahnhof und direkt am Baum vor unserem Haus.

Nochmal mit dem Rad fahren konnte ich nun auch nicht. Ich stellte es einfach in unseren Keller. Da geht wirklich selten jemand rein.

Einige Wochen später kam aber doch mein Vater auf die Idee, da unten irgendwas zu suchen und entdeckte das Fahrrad. Ich sage ja, es wurde ungemütlich. Mein Vater machte ein Riesentheater, Moralpredigt, Taschengeldentzug, einen Monat lang um acht Uhr zu Hause sein, das ganze Programm. Er hat mir aber geholfen, das abgeknickte Licht zu reparieren, den kaputten Tacho zu ersetzen und ein neues Fahrradschloss zu kaufen, das bei der Übergabe als Friedensangebot dienen sollte. Vielleicht hat der Otto seins ja auch verloren.

Natürlich wusste Papa genau, wo er anrufen musste, er hatte ja die Aushänge gesehen. Also rief er bei Herrn Otto an und erzählte ihm, sein Sohn hätte unverständlicherweise in dem Keller seines Hauses ein Fahrrad gefunden. Ob das wohl seins sein könnte? Für wie blöd hat der denn den Otto eigentlich gehalten?

Aber Herr Otto war mal wieder voll cool. Er kam vorbei, um sein Rad zu holen, bedankte sich beim Finder „mit einem schönen Gruß an den Sohn". „Schade, dass er nicht da ist", fügte er grinsend hinzu und stellte noch fest, dass der unbekannte Fahrraddieb wohl wirklich zu blöd war für so ein Fahrrad. „Kann nicht fahren und nicht reparieren." Das saß.

Auch später hat er mich nicht mal angezwinkert. Im neuen Schuljahr hat der dann auch noch einen Fahrrad-Reparatur-Kurs angeboten. Und wisst Ihr was? Da bin ich hingegangen.

Günther

„Wo müssen wir denn hin?" Karl sah in Rudis etwas hilfloses Gesicht und starrte dann auf den Beerdigungsplan am Friedhofseingang. Rudi war sowieso nicht so der Trauertyp und hier völlig unbrauchbar.

„Günther Schulz, da steht es ja, elf Uhr", las Karl dann auch selbst, obwohl er seine Brille vergessen hatte. „Wir sind richtig." Sie sahen sich um. Der Weg zur Kapelle in der Mitte des weitläufigen Geländes war leicht zu finden und man konnte auch schon sehen, dass sich dort einige schwarz gekleidete Menschen versammelten.

Sie machten sich auf den Weg. Der Verein hatte die beiden zu Günther Schulz' Begräbnis delegiert, denn er war immerhin lange ein großzügiger Spender und mentaler Unterstützer gewesen. Aus Altersgründen hatte er sich lange nirgendwo sehen lassen, weshalb eigentlich auch keiner der Jüngeren Günther persönlich kennengelernt hatte. Es kursierten allerdings immer noch Gerüchte und Anekdoten von diesem Hünen mit einer gewaltigen Stimme, von dem offenbar endlosen Charme, den er auf Frauen ausgeübt haben soll, und diversen Affären, die er zu Vereinsfeiern mitgebracht hatte. Auch von Temperamentsausbrüchen unterschiedlichster Art war die Rede, die die damaligen Mitglieder und auch Kollegen seiner Firma hinzunehmen gelernt hätten. Der Verein hatte sich nicht lumpen lassen und einen riesigen Trauerkranz bestellt, den Karl und Rudi bis hierher geschleppt hatten und nun schnaufend in der Kapelle ablegten.

Karl und Rudi kannten niemand unter den Umstehenden, standen etwas verloren herum und waren ganz froh, als die

Trauerzeremonie endlich begann. Sie setzten sich in die hinterste Reihe.

Zunächst sprach der Pfarrer ein paar allgemeine Worte. So ein Pfarrer muss ja andauernd dieser Aufgabe nachkommen und greift naturgemäß auf einige Bausteine zurück, die er immer wieder neu zusammenstellen kann. Erst nach einer Weile fiel Karl das Bild neben dem Sarg auf, ein trauerumflortes Porträt von Günther Schulz. Er stieß Rudi an: „Guck mal. Da sieht der aber doch eher schmächtig aus. War vielleicht seine Krankheit. Genie und Frauenheld, so jemanden stelle ich mir anders vor." Rudi schüttelte kurz den Kopf: „Nee, echt, Frauenhelden stelle ich mir auch anders vor, guck mal, die Ohren. Aber was weißte schon über Frauen."

Dann sprach ein Angehöriger. Als er das Geburtsjahr erwähnte, wunderten die beiden sich wieder. Man hätte doch gemeint, der Schulz wäre mindestens zehn Jahre älter geworden. Nun wurde der Lebenslauf des Verstorbenen erzählt. Er sei ein bescheidener Mann gewesen, hätte tapfer seinen Blumenladen bis kurz vor seinem plötzlichen Ende alleine betrieben und wäre bei seiner Kundschaft sehr beliebt gewesen. Seine Frau sei schon früh gestorben und er hätte seitdem allein gelebt.

Rudi hörte schon gar nicht mehr richtig zu, sah verstohlen immer wieder aus dem Fenster. Aber in Karl stieg Panik auf und auf seiner Stirn bildete sich eine tiefe Sorgenfalte. Er stieß schließlich Rudi an. „Mann, hier ist doch was ganz verkehrt. Das ist der nicht."

Rudi, der sich insgeheim schon auf ein Bierchen und ein Häppchen danach freute, schien schlagartig aus seinem Scheinkoma zu erwachen. Er gab ein beunruhigtes Mmh von sich, starrte noch ein wenig nach vorne und zischte dann: „Und wie kommen wir aus der Nummer raus?" Sie sahen sich kurz an. „Aussitzen!"

Ja, was sonst. Sie hörten sich die Rede zu Ende an, lauschten den Musikstücken und bewunderten die vielen Blumengebinde. Sie

folgten auch gemäßigten Schrittes dem Sarg und der Trauergemeinde bis zum Grab. Es fiel nicht weiter auf, dass sie sich sehr
schnell verdrückten. Sie liefen zum Eingang zurück und sahen sich
den Terminplan nochmals an. Und richtig: Zwei Stunden später
fand noch eine Beerdigung statt. Günther Schulz, 14 Uhr. Sie fanden
eine etwas versteckt stehende Bank, auf der sie jedenfalls nicht von
den anderen Friedhofsbesuchern gesehen wurden und sich von
ihrem ersten Schock erholen konnten.

Was nun? Natürlich mussten sie ihren Auftrag erfüllen, 14 Uhr
Günther Schulz, ganz klar. Mit Kranz. Wenn sie Glück hatten, war
noch niemandem die Aufschrift auf dem Kranz aufgefallen: „Darts-
Bruder, wir vergessen dich nicht. Deine spitzen Pfeile." Der erste
Günther und seine Trauergemeinde waren doch vom Darts sicher
meilenweit entfernt. Den Gedanken ans Bierchen musste man jetzt
wirklich zurückstellen.

Als die Trauernden abgezogen waren – die haben es gut, die
gehen jetzt futtern, der Pfarrer verschwunden war und die Bestatter
offensichtlich eine Mittagspause machten, schritten sie möglichst
würdevoll zum Grab zurück, griffen sich ihren Kranz und warteten,
dass es 14 Uhr werde. Wieso mussten denn auch so viele Menschen
Günther heißen?

In der S-Bahn

Mir gegenüber sitzen drei junge Hexen, sehr aufgestylt, die eine
in einem gürtelartigen, neongrünen Rock über schwarzen Netz-
strumpfhosen, Nummer zwei in kunstvoll durchlöcherten Jeans
und bauchfreiem Top in Pink, und die Dritte ganz in Schwarz, auch
im Gesicht viel schwarze Schminke und endlose Piercings. Sie
unterhalten sich sehr aufgeregt. Wer unfreiwillig mithört, weil er

weder einen Kopfhörer im Ohr hat noch telefoniert, schaut möglichst neutral vor sich hin.

„Ich frag mich ja, ob die Krankenkasse meine Abtreibung bezahlt", jault die eine, die mit der blonden Raspelfrisur. „Der Typ zahlt ja nix, kenne den auch kaum. Wie hieß der noch? Egal. Ich hasse Medizin. Da lebe ich nun so gesund, ajurvedische Ernährung, regelmäßig Meditation. Ich lasse kein Plastik an mich ran. Und nun muss da wieder so ein Arzt in mir rumstochern. Krass."

Ihre rothaarige Nachbarin tröstet. „Klar zahlen die, bei mir hat das schon zwei Mal geklappt, kein Ding. Ich wollte das auch nicht, das versaut einem ja die Figur. Aber so'n Kind, ach nee. Versaut einem auch die Figur."

Nummer drei stöhnt: „Morgen müssten eigentlich meine Tage kommen, igitt. Weiß gar nicht, was schon wieder los ist. Könnte ich schwanger sein und wenn ja, wie ist das passiert?"

Die anderen möchten das Gespräch wohl zum Positiven wenden und fragen: „Sag mal, wo hast du dir die Lippen spritzen lassen, sieht voll cool aus."

„Danke, war auch gar nicht schlimm, leider etwas teuer. Das Tattoo hat mehr gepikst. Ich denke auch über eine Arschvergrößerung nach. Ist schon sexy."
„Wer sagt das?"
„Mein neuer Typ, gestern, Kevin oder Knut oder so. Hab ich nicht richtig verstanden."
„Meinst du, der zahlt das?"

Rosa und Wolfram

Die Oma rief mal wieder an. Sie ist oft krank, also eher kränklich. Vor allem, wenn sie länger nicht besucht wurde. Also meldete sie sich jetzt bei Rosa, die ihren Besuch immer wieder aufgeschoben hatte, jammerte eine ganze Weile und endete mit der Bitte, ihr dringend ein paar Dinge zu besorgen.

Rosa seufzte kurz auf, zog dann aber mangels Ausrede kurz entschlossen ihren Mantel an, setzte die rote Mütze auf, die ihr die Oma mal gestrickt hatte, und schwang sich aufs Fahrrad. Sie besorgte zunächst ein paar Stücke von Omas Lieblingskuchen, Kalter Hund und Schweinsohren, und eine Flasche Tai Ginseng. Oma hatte eigentlich Sherry bestellt, aber wenn sie so krank war, wie sie sagte, war das bestimmt nicht gut für sie.

Als Rosa mit ihrem Fahrrad an der roten Ampel stand, hatte sie plötzlich das unangenehme Gefühl, angestarrt zu werden. Sie sah zur Seite – und richtig. Ein Typ war einige Meter von ihr entfernt stehengeblieben und glotzte sie an, als hätte er noch nie eine rote Kopfbedeckung gesehen. Sie glotzte empört zurück und … Das war ja Wolfram! Nicht zu fassen!

Wolfram hatte in der Schule hinter ihr gesessen und sie oft geärgert. Kleine Schnipsel in die Haare gesteckt, am Stuhl geruckelt, wenn sie gerade dran war und sich konzentrieren musste, so was. Sie hatte sich das gefallen lassen und nur pro forma protestiert, weil sie ihn eigentlich ganz cool fand. Naja, lange her. Er hatte in derselben Mietskaserne gewohnt wie die Oma, hinten im Seitenflügel. Damals hatte sie die Oma sehr oft besucht wegen der Möglichkeit, Wolfram im Hausflur oder im Hof zu begegnen.

Er kam rüber. Jetzt blickte sie in ein sehr haariges Gesicht. Dunkles, dichtes Haupthaar, üppiger Bart. Auch aus seinen riesigen Ohren wuchsen einige Haare. Wozu braucht man bloß solche Ohren? Dazu diese hellen, sehr wachen Augen. Auch sehr groß, auch wenn er versuchte, sie hinter einer dicken Brille zu verstecken. Etwas dünne Beine, aber sonst sehr sportlich. „Was machst du denn hier?", fragte er. Nicht sehr originell, aber die kranke Oma war erstmal vergessen. Sie spazierten zusammen zu dem kleinen Café am Park. Er lud sie ein zu einem Latte Macchiato und noch einem. Fragte, was sie so mache, allgemein und gerade jetzt und wie es denn der Familie so gehe. Von sich erzählte er wenig. Gab es eine Freundin, hatte er Familie? Verschwommene Auskünfte. Sie hatte seinen undeutlichen Antworten eigentlich nur entnehmen können, dass es ihm finanziell ganz gut ging, aber womit er sein Geld verdiente, blieb unklar.

Dann war er plötzlich einfach verschwunden; sie hätte nicht sagen können, wie und wann. Sie hatte nur kurz auf ihr Handy geguckt und als sie hochsah, war er weg. Er hatte ihr eben noch den nahe gelegenen Blumenmarkt sehr warm empfohlen. Also zahlte sie für sie beide und ging jetzt zu diesem Blumenmarkt, nur mal so gucken. Und vielleicht gab es ja da was für die Oma. War schon ein tolles Pflanzenparadies, so einen Tipp hätte sie dem Wolfram gar nicht zugetraut. Es gab auch noch viele andere Dinge im Angebot und sie verlor sich zwischen den Regalen. Als gegongt und der Toresschluss angekündigt wurde, fiel ihr schlagartig wieder ihre Mission ein. Sie raffte ein paar bunte Topfpflanzen für Omas Balkon zusammen, stürzte damit an die Kasse, warf schnell alles ins Fahrradkörbchen und sauste los.

Bei der Oma brannte Licht. Rosa klingelte, bemerkte dann aber, dass die Tür nur angelehnt war. Von drinnen kam leises Gekicher und Gläserklirren. Das Schlafzimmer war leer. Die Oma saß quicklebendig und sehr gesund aussehend in ihrem Sessel am Fenster, hatte ein Gläschen Sherry in der Hand und wischte sich gerade die Kuchenkrümel vom Pullover.

Auf dem Sofa saß, nein hing, ein Wesen, das ziemlich mitgenommen aussah. Die Ohren hingen schlaff herunter. Die Augen quollen aus dem Kopf. Auch die Hände schienen unwirklich überdimensioniert. Dieser Typ versuchte mehrmals, aufzustehen, scheiterte aber jedes Mal, er wirkte ungemein schwerfällig. Dabei öffnete er jedes Mal seinen riesigen Mund, so dass man seine etwas zu spitzen und zu großen Zähne sehen konnte. Was war denn hier los? Hatte der Hunger oder war ihm schlecht? Wieso war Wolfram jetzt überhaupt hier?

„Oma, was macht der hier?" – „Na, da bist du ja endlich. Der Blödmann hat gedacht, ich falle auf seinen Enkeltrick rein. Hat tatsächlich behauptet, er sei jetzt mit dir verlobt und du hättest ihn hergeschickt, weil du keine Zeit hättest. Ich könne ihm schon mal ein bisschen Geld für dich mitgeben. Also ein bisschen viel Geld. Du bräuchtest das so dringend. So ein Quatsch! Da musste ich den Omatrick anwenden. Er ist jetzt voller Dominosteine und ein, zwei K.-o.-Tropfen. Ich konnte den übrigens noch nie leiden. Möchtest du auch ein Gläschen Sherry? "

Das pralle Leben

Mein Vater in Frankreich

Glück muss man haben, am besten mehrfach. Grandios, wie er auf den letzten Drücker doch nicht in der 6. Armee gelandet war, die dann in Russland zugrunde ging. Irgendwie hatte er auch alle anderen Gefahren und unangenehmen Kriegserlebnisse heil überstanden. Die Narbe am Rücken war gut verheilt und sein besonderes Merkmal, der Granatsplitter im Finger, schmerzte nicht.

Als der Krieg zu Ende war, hätte es ihm auch schlechter ergehen können. Er kam in französische Kriegsgefangenschaft, aber nur kurz in eines dieser schlimmen Lager. Dann wurde er als Landwirtschaftshilfe in ein kleines nordfranzösisches Dorf gebracht. Dort wurde nicht so sehr gehungert und es gab keine Grausamkeiten. Die Dorfbewohner waren auch während der deutschen Besatzung so weit weg von allem gewesen, dass sie nun eine eher lässige Haltung zeigen konnten. „Unsere Jungs waren bei euch inhaftiert, jetzt eure bei uns. So ist Krieg eben", sagte der Inhaber der Autowerkstatt im Ort, mit dem er sich nach und nach anfreundete.

Sonntags, wenn er frei hatte, schlenderte er durchs Dorf zu ihm und lieh sich flämische Bücher oder Zeitungen aus. Er lernte sehr schnell, sich auf Französisch zu verständigen. Ohne jede Grammatik, aber mit immer mehr Vokabular und Händen und Füßen konnten sie regelrecht Gespräche führen. Auch die Familie empfing ihn stets freundlich. Er war vielleicht eine willkommene Abwechslung in dem eintönigen Dorfleben. Die älteste Tochter verguckte sich ein bisschen in ihn.

Natürlich war er aber heilfroh, als diese Zeit zu Ende ging und er nach Hause konnte. Dort richtete er seine Energie in die Gestaltung eines ordentlichen Lebenslaufs. Er kam seinem alten Meister gerade recht, der einen Nachfolger für seinen Handwerksbetrieb suchte.

Dann fand er sehr schnell eine Frau, heiratete sie und bekam zwei Kinder. Sie lebten das, was man Wirtschaftswunder nannte. Er erzählte seiner Familie nie vom Krieg, aber öfter von seiner französischen Gefangenschaft. Es klang immer wie eine Abenteuerreise, so, als hätte er dort eine gute Zeit gehabt.

Siebenundzwanzig Jahre nach seiner Heimkehr, er hatte alles erreicht, was er zum Glück brauchte, kam ihm der Gedanke, mal den Kontakt nach Frankreich aufzunehmen. Er schrieb zunächst einen Brief, bei dem ihm seine Töchter halfen. Er konnte ja überwiegend nur mündliches und Behelfs-Französisch und staunte, wie anders die Worte schriftlich daherkamen. Er erhielt eine hoch erfreute Antwort und Einladung und in diesem Sommer packte er seine Familie in den VW-Käfer und fuhr mit ihr in das kleine französische Dorf.

Dort schien die Zeit stehen geblieben zu sein. Es war gerade Markttag, Mademoiselle Giselle schob wie eh und je mit dem Fahrrad an den Ständen vorbei. Sie hatte immer noch einen verknitterten Hut auf, den sie tief in die Stirn gezogen hatte. Auch ihr vorgebeugter Gang hatte immer noch so etwas von einem alten Krieger. Es war ein unglaubliches Déjà-vu. Bald kam auch ihr Bruder daher, ein Priester in schwarzer Soutane, vorne verkleckert wie gewohnt.

Der französische Freund und seine Familie empfingen die deutsche Familie ausgesprochen herzlich. Sie war sehr gewachsen. Die Kinder hatten geheiratet und Familien gegründet. Die Alten waren nur etwas älter geworden, sonst unverändert. Da die Älteren etwas Flämisch und die Jüngeren Englisch gelernt hatten, konnte man sich ganz gut verständigen, irgendwie auch auf Französisch. Nun zeigten sich die Früchte des Fremdsprachenunterrichts: die Schüler-Generation verschluckte sich fast an ihren gelernten Regeln, tat sich echt schwer, während die Älteren einfach grammatikfrei drauflos parlierten, was das Zeug hielt.

Bei einem tränenreichen Abschied wurden die Franzosen natürlich zu einem Gegenbesuch eingeladen. Und tatsächlich kam im darauffolgenden Sommer ein hellblauer Peugeot in Berlin an, aus dem die beiden Großeltern und zwei ihrer Enkelkinder stiegen.

In Berlin hatte man sich hektisch vorbereitet. Gar nicht schlecht, dass die Töchter doch weiter die Schule besucht und dort mehr Französisch gelernt hatten. Nun mussten sie schnell mal den Eltern einen geordneten Satzbau und ein paar nette Redewendungen beibringen. Es wurde täglich gepaukt.

Und was es für ungeahnte kulturelle Unterschiede gab! In Frankreich gab es immer ein Mehrgänge-Menü, weshalb man sich bei jedem Gang etwas zurückhielt, damit man alle genießen konnte. In Deutschland gab es vielleicht eine Suppe, aber dann *einen* Hauptgang, bei dem man ordentlich schaufelte. Dann eher Schluss. Es galt, dies den Franzosen rechtzeitig zu vermitteln, damit sie nicht hungrig ins Bett gingen.

Hatte man die Stämme der Birken weiß angemalt? In Frankreich kannte man keine Birken. Hier gab es viel mehr VWs.

Man besuchte sich nur noch je einmal, dann kamen Krankheiten und andere familiäre Ereignisse dazwischen. Aber der Kontakt brach nie wieder ab. Man schrieb sich lange Briefe, die deutschen und französischen Töchter mussten sie verfassen. Als eine Generation wegstarb, machte die nächste weiter. Die Enkel führten den Kontakt fort.

Einige Jahre später signalisierte die französische Enkelin, dass es ihr persönlich gerade sehr schlecht ginge. Die deutsche Seite verstand, aber zu einem angemessenen Trost reichte das Französisch nicht. Die kurze Antwort lautete: Komm einfach her. Sie kam und wurde aufgepäppelt. War ja irgendwie Familie.

So geht wohl Völkerfreundschaft wirklich. Hätte das nicht auch ohne Krieg gehen können? Die nächste Generation pflegt den Kontakt nicht mehr so, sie kommuniziert einfach anders und viel leichter. Alle haben mindestens eine Fremdsprache in der Schule gelernt. Man ist bei Facebook oder Instagram und schreibt sich vielleicht mal was. Aber man kommt sich nicht mehr so nah und staunt auch nicht mehr so dankbar über die langen Friedenszeiten.

Auf der Arche hat's doch auch geklappt

Dieses Haus ist kein besonderes Haus. Es steht unauffällig in einer Nebenstraße mit einigen Straßenbäumen, aber mitten in der Stadt. Es hat ein Vorderhaus, einen Seitenflügel, einen Imbiss im Erdgeschoss und sehr unterschiedliche Mieter. Man geht nur ein paar Schritte bis zum kleinen Park gegenüber. Eigentlich interessiert das aber v.a. Hundebesitzer, alle anderen sitzen ungern auf den stets kaputten Bänken und legen sich auch nicht auf die kleine Wiese, die wohl eher eine Hundeauslaufstrecke für die Lieblinge ist.

Die Fassade war vielleicht mal grün, jetzt bröckelt sie farblos vor sich hin. Im Hochparterre wohnen Herr Schmidt und sein Hund Rocky. Nein, Stiernacken kann man das nicht nennen, aber Herr Schmidt ist durchaus von untersetzter Statur. Wenn er in der schiefen Haustür erscheint, füllt er sie ganz aus. Mag sie noch so quietschen, er übertönt das mit seiner brummigen Stimme. Sein Hund Rocky macht da fleißig mit. Rocky ist eine ältliche Bulldogge, frisst Unmengen Nicht- Veganes und gibt anschließend auch wieder Unmengen Verdautes in die Umgebung ab. Herr und Hund sind sich sehr ähnlich und man sieht sie nur zusammen. Sie drehen mehrmals am Tag eine Runde um den Block, Blick und Nase stets nach unten gerichtet, wobei Herr Schmidt dann unaufhörlich irgendwas brummelt. Er spricht nicht mal mit sich selbst. Er spricht nur mit dem Hund oder über den Hund. Außer, wenn er beim Fleischer mal was für den Hund abholt. Und neulich war seine Schwester zu Besuch. Mit der hat er auch geredet, aber nur über den Hund.

Manchmal regt sich Frau Müller aus dem ersten Stock über einen Hundehaufen vor der Haustür auf. Sie regt sich gerne auf und es gibt nicht so viele andere Gelegenheiten zum Aufregen, seitdem ihr Mann gestorben ist. Sie weiß genau, wo der Haufen mal wieder herkommt. Herr Schmidt hat es zunehmend im Rücken und bückt sich immer seltener, um den Scheiß einzutüten. Wissen doch alle. Frau Müller kann aber den Schmidt schon deswegen nicht ab, weil sie ihre Wohnung mit sechs Katzen teilt. Hund und Katze, das passt eben nicht. Schon dieser feindliche Geruch! Ihre Katzen haben ein eigenes Zimmer mit allem, was das Katzenherz begehrt. Trotz der Kratzbäume sehen auch die Wände etwas angegriffen aus. Aber wen soll das stören, es kommt ja kein Besuch. Zum Einschlafen dürfen die Lieblinge dann aber auch in Frau Müllers Zimmer und sich sozusagen als Bettdecke betätigen. Mäuse fangen sie nicht, sie verlassen ja die Wohnung nie. Sie sind wahre Haustiere.

Im dritten Stock herrscht Leben. Dort wohnt Familie Heinrich. Vater, Mutter und drei Kinder. Sie hatten mal drei Wellensittiche, einen für jedes Kind. Die durften immer frei im Zimmer herumfliegen. Das bisschen Vogelmist störte keinen. In dem Chaos der Kinder geht so was unter. Aber als eines Tages das eine Fenster kaputt ging, sind die Vögel leider entwischt. Ob sie bei ihrer Rückkehr die Stockwerke verwechselt haben oder aus Neugier und mangelnder Erfahrung bei Frau Müller reingeflogen sind, wird man nie erfahren. Jedenfalls stürzten sich dort die Katzen auf sie und es blieben von ihnen nur noch ein paar grüne Federn auf dem Fensterbrett. Luise plagten schreckliche Schuldgefühle, denn sie hatte die Fensterscheibe zerdeppert, ihre Geschwister heulten tagelang. Den Eltern musste schnell was einfallen. Zum Trost bekamen die Kinder schließlich erstmal einen Hamster. Der ist tagsüber leider sehr langweilig, nachts kann man ihn aber für hyperaktiv halten. Wenn im Sommer nachts alle Fenster offen stehen, hört man das Quietschen des Laufrads. Das könnten die doch auch mal ölen! Manchmal wird das Tier auch im Hof auf dem ferngesteuerten Auto rumkutschiert, und erst kurz vorm Herzinfarkt wieder in den Käfig gesetzt. Wenn es ihm allzu schlecht geht, bringt Frau Heinrich den Hamster in die homöopathische Tierpraxis im Nebenhaus. Frau Müller bringt ihre Katzen nie dorthin, ist doch alles Quatsch, sagt sie.

In der WG im vierten Stock wohnen die verschiedensten Studenten, ob der Philosophie, Biologie oder Betriebswirtschaft, bleibt unklar. Vielleicht studieren die auch gar nicht alle und sehen nur so aus. Im Haus wird gemunkelt, dass der eine mehrere Terrarien mit einigen Würgeschlangen oder Giftfröschen hätte. Ein Gerücht. Jedenfalls haben die auf der Dachterrasse ein paar Bienenstöcke stehen, um die sie sich hingebungsvoll kümmern. Bienenstöcke, naja! Von unten sieht man, dass die von ganz schön viel grünen Pflanzen umgeben sind. Manchmal sehen diese Studis aber schon etwas zerstochen aus. Und am Ende der Saison können sie tatsächlich ein paar Gläser feinsten Großstadthonigs im Haus verteilen. Das tun sie, weil die anderen Hausbewohner sich ja wegen der Bienen und Terrarien nicht mehr nach oben trauen. Friedenshonig ist das eigentlich.

Frau Krause aus dem Seitenflügel möchte keine Haustiere. Sie arbeitet halbtags in einem Supermarkt, da wäre so ein Tier ja zu viel alleine. Ihr Mann hat sie verlassen, Kinder hatten sie nie. Wenn sie dann frei hat, füttert sie einfach die Tauben, stellt ihnen Futter aufs Fensterbrett oder wirft es ihnen im Hof entgegen und sieht ihnen zu, wie sie das dankbar aufpicken. Sie mag auch dieses stete Gurren auf dem Dach, es beruhigt sie. An den Taubendreck gewöhnt man sich. Auch wenn sie ihren täglichen Spaziergang macht, hat Frau Krause immer etwas Brot oder Körner dabei. Die Tauben erwarten sie schon und umfliegen ihre Handtasche. Sie mag das.

Ihre Nachbarn im 3. Stock, die Schulzes haben einen schönen Balkon zum Hof. Den haben sie immer liebevoll bepflanzt und dort gefrühstückt. In diesem Sommer können sie ihn aber leider nicht benutzen, denn eine Ente brütet in ihrem Blumenkasten so einiges aus. Sie sehen der Ente von drinnen zu und suchen schon nach einem geeigneten Tümpel, zu dem sie dann die Entenfamilie tragen werden.

Nach Sonnenuntergang schleicht in letzter Zeit immer ein Fuchs um die Mülltonne vor dem Imbiss. Muss er nicht. Er bekommt regelmäßig seinen Döner, nicht scharf und ohne Zwiebel. Die Hausbewohner liegen dann im Fenster, Herr Schmidt füllt auch dieses ganz aus. Frau Müller legt sich auf ein Kissen, die Heinrich-Kinder gucken durch die kaputte Scheibe und gucken nicht Glotze, sondern Fuchs wie einen Naturfilm. Die Heinrichs achten sehr darauf, dass zu dieser Zeit der Hamster nicht im Hof ist. Die Kinder haben neulich in der Schule so ein Fuchs-Gedicht gelesen. Nun nennen sie ihn Reini. Manchmal kommt die Frage auf, ob der auch Mäuse fressen würde. Nein, würde er nicht, er wird ja auch so satt.

Neuerdings gibt es im Hof Hinterlassenschaften, die nicht von Herrn Schmidts Hund stammen können. Die Mülltonnen stehen oft offen oder sind umgekippt. Die Heinrichs entdeckten nach einigen Wochen die Täter: Im Schuppen hat sich eine Waschbär-Familie eingerichtet. Auch voll niedlich. Nun müssen die Fahrräder draußen bleiben. Das Dach müsste eigentlich mal wieder ausgebessert werden.

Das mit den Wildschweinen war zunächst schon etwas schwieriger. Als zum ersten Mal eine Sau mit ihren Frischlingen am Haus vorbeizog, war man etwas schockiert. Der Waschbär war auch nicht begeistert, hat sich dick aufgeplustert und die wildesten Laute von sich gegeben und damit sein Revier im Hof verteidigt. Aber seit der Imbiss auch sie versorgt, müssen die Wildschweine nicht einmal mehr den Vorgarten durchwühlen. Sie sind ganz friedlich.

Na also. Auf der Arche hat's doch auch geklappt.

Neulich stieß die Naturliebe aber doch an ihre Grenzen. Aus Frau Krauses geöffnetem Fenster im Parterre drang ein langer spitzer Schrei: Igitt! Eine Maus! Die Heinrichs klingelten sofort bei ihr, um ihr beizustehen. Auch die Studenten von ganz oben stürzten herbei. Frau Müller bot an, die Feuerwehr zu rufen oder wenigstens den Kammerjäger. Mit vereinten Kräften fing man eine Art Mäuse-Großfamilie. Lebend natürlich, denn sie konnten noch gutes Futter im Terrarium sein. Spinnen mag hier übrigens auch keiner.

Die Wahrheit

Anna kam bei den Männern gut an und genoss das, ließ sich auch immer mal wieder auf eine Beziehung ein. Sie hatte kein bestimmtes Beuteschema festgelegt und traf sich mit den unterschiedlichsten Typen, war dann jedes Mal voll begeistert und der Meinung, der sei es fürs Leben, um nach vielleicht sechs Monaten festzustellen, dass da etwas fehlte – oder zu viel wurde.

Von Volkers Charme war sie so begeistert, dass sie sogar das Verhüten nicht mehr so wichtig fand. Er war um einiges älter als sie und hatte ihr im Übrigen erklärt, dass er bereits sterilisiert war. Irgendwo und mit irgendwem hatte er wohl schon ein Kind in die Welt gesetzt und das genügte völlig. Kontakt zu dem Kind hatte er nicht.

Er war ein schräger Hobby-Musiker und konnte einfach gut mit Leuten. Imposante Erscheinung: muskulös, ausgefallene Tattoos, ein wüster Haarschopf. Mit unregelmäßigen Jobs im IT-Bereich und als Musiker schien er sich finanziell einigermaßen über Wasser halten zu können. Nach ein paar Monaten stellte sich allerdings ein wenig Unbehagen ein. Er zeigte sich zunehmend unzuverlässig, vergesslich, jedenfalls ihr gegenüber. Es kam öfter mal zum Streit um Nichtigkeiten. Nun ja, Nichtigkeiten – sie war noch in der

Ausbildung, hatte wirklich wenig Geld, sollte ihm aber immer mal wieder etwas „leihen", das dann nie zurückkam. Freundinnen hoben langsam den warnenden Zeigefinger.

Sie hatte es ja cool gefunden, dass er nie nach Alkohol stank. Erst nach und nach bemerkte sie, dass er kokste und das offenbar immer unkontrollierter. Er fing an, seine Körperpflege zu vernachlässigen. Als er einmal scheinbar überwach zu ihr ins Bett stieg und sie schon schlief und ihn abwehrte mit den Worten „Du stinkst", gab es zum ersten Mal Prügel.

Das geschah noch zwei Mal, dann packte Anna ihre Sachen und ging. Eine ganze Weile versuchte er, sie zurückzugewinnen, rief an, lauerte ihr auf. Sie zog um und änderte ihre Nummer. Der Kontakt brach wirklich ab. Sie war erleichtert. Dann stellte sie fest, dass sie schwanger war.

Freundinnen halfen ihr durch diese Zeit und waren dem Baby Zweit- und Drittmütter. Man beschloss, auf keinen Fall Volkers Vaterschaft anzugeben.

Mit einer unglaublichen Glückssträhne traf sie trotz Kind und finanzieller Sorgen nicht nur schnell jemand Neues, sondern Martin, das ganze Gegenteil von Volker. Martin war ein netter, ruhiger Typ, sehr zurückhaltend, fast schüchtern, aber bestimmt, wenn er etwas für richtig oder falsch hielt. Sie fand er für sich richtig. Dass sie das Kind von jemand anderem hatte, störte ihn nicht allzu sehr. Kind ist Kind, fand er. Nichts ist schlimmer, als ein Kind nicht zu wollen. Er war selbst ein ungewolltes Kind gewesen und wollte diese Erfahrung nicht weitergeben. Wenn du willst, sind wir eine Familie, basta. Na, das war eine Ansage.

Sie zogen zusammen, die Freundinnen halfen wieder, wo sie konnten. Dann wurde Volker in der Gegend gesehen. War das Zufall oder suchte er hier nach ihr? Er wusste ja hoffentlich nichts von der Schwangerschaft und schon gar nicht von seiner

Vaterschaft. Martin wollte auf Nummer sicher gehen: Es wurde geheiratet, er adoptierte das Kind und es bekam seinen Namen.

Leo wuchs in einer liebevollen Umgebung auf, er ging durch Trotzphasen, Pubertät und Liebeskummer. Die beiden Eltern grübelten immer häufiger darüber nach, ob sie Leo mitteilen sollten, dass Martin nicht sein leiblicher Vater war. Was machte das für einen Unterschied? Volker war nie als Vater angegeben worden, wusste von nichts und war überhaupt verschwunden. Leo hatte ein harmonisches Familienleben und viel Zuwendung erfahren und unternahm auch als junger Erwachsener noch vieles mit seinem Vater. Sie gingen angeln oder trafen sich im Sportverein.

Martin fand, dass jeder Mensch alles über sich wissen sollte, auch woher seine Gene stammten. Sie müssten Leo nun bald aufklären. Anna hatte zunehmend schlaflose Nächte, denn dass sie sich mal so einen Fehlgriff wie Volker geleistet hatte, war ihr wirklich peinlich. Sie wollte auch nicht wieder diese ganze Geschichte emotional durchkauen.

Martin setzte sich durch. An seinem 18. Geburtstag erzählte er Leo, dass es da noch einen leiblichen Vater gäbe, den aber auch er nicht kannte. Ja, Leo war geschockt. Er brauchte einige Tage, bevor er wieder mehr als „Guten Morgen" und „Ich bin dann mal weg" sagte.

Dann fragte er seiner Mutter ein Loch in den Bauch: „Erzähl mal, wie war denn der so?" – Ojeh, also jetzt nicht kneifen, Anna. Er wäre kein guter, nein er wäre sowieso kein Vater gewesen. Ich war ja so blöd damals.

Dennoch ging Leo mit nur ein paar Hinweisen in der Hand auf die Suche. Er wollte wissen: Wer ist mein leiblicher Vater, wie sieht der aus? Habe ich Ähnlichkeit mit ihm? Habe ich Wesenszüge geerbt? Wenn ich ihn nicht treffen kann, dann will ich wenigstens ein Bild von ihm sehen. Anna hatte keines.

Es war ein ganz schönes Stück Arbeit und dauerte einige Monate. Aber eines Tages hatte Leo herausgefunden, wo dieser Volker zurzeit wohnte und vielleicht arbeitete. Er sammelte ein paar Tage lang seinen Mut und ging eines Abends dort hin. Die Wohnung lag über einer Kneipe. Es war noch früh. Später am Abend würde diese Spelunke sicher eher unangenehm. Hinterm Tresen sortierte ein Typ laut klappernd irgendwelche Flaschen, in der Küche werkelte auch jemand herum. Als von hinten nach Volker gerufen wurde, war Leo klar, dass er hier richtig war. In einer Ecke hing eine Tafel, auf der Musik mit Volker ab 22 Uhr angekündigt wurde.

Mein Gott, das soll mein Samenspender sein, schoss ihm als Erstes durch den Kopf. Volker sah insgesamt reichlich mitgenommen aus: graue Haut, tiefe graue Falten, kaum noch Zähne und ein langer, dünner Zopf aus grauen Resthaaren. Was aus den Klamotten herausragte, war ziemlich bunt zugetackert, Motive kaum erkennbar. Er brauchte lange bis zu einem grimmigen „Was willste denn?" – „Ehm, ein kleines Bier", brachte Leo hervor. Beim Zapfen zitterten Volkers Hände deutlich. „Bist ja'n bisschen früh dran, suchst du wen?", fragte er seinen Gast mit knarriger Stimme, als er ihm das Bier auf den Tresen knallte.

Mehr als ein „Nö" kam nicht von Leo, er trank sein Bier zur Hälfte aus, legte Geld neben das Glas und flüchtete. Zuhause ging er schweigend in die Garage und brachte irgendwas an seinem Fahrrad in Ordnung. Nah einer ganzen Weile kam Martin mal gucken, was der da so machte. „Alles ok, Leo? Was machen die Gene?" – „Ja", sagte Leo, „Gene werden wohl allgemein überschätzt." Damit gingen sie zu Anna, die mit dem Abendbrot auf sie wartete. Als sie die beiden so grinsend kommen sah, fiel ihr ein Stein vom Herzen.

Die Familie kam nie wieder auf dieses Thema zu sprechen.

Ehre und Gier

Ehrgeiz, die Gier nach Ehre, das klingt zweideutig und ist es auch. „Er ist sehr ehrgeizig", das kann Anerkennung bedeuten, aber auch kritischen Abstand, je nachdem, wie man's sieht.

Die christliche Ethik fand diese „Gier nach Ehre" schon immer verdächtig, eigentlich schändlich, denn wenn hier einer Ehre verdient, dann ist das Gott, und sonst keiner. Ehrgeizigen mangelt es an Demut. In der bürgerlichen Gesellschaft, sagen wir spätestens seit dem 19. Jahrhundert, ist jedoch das Streben etwas Gutes und soll auch belohnt werden. Goethe bekam sogar noch die Kombination hin: „Wer ewig strebend sich bemüht, den werden wir erlösen." Im puritanischen Amerika ist derjenige, der es zu viel Geld und Ehre bringt, Gott etwas näher.

Und wie sieht der Alltag eines Ehrgeizigen aus? Es braucht schon einen wilden Cocktail aus Fleiß, Disziplin, Willensstärke und Ausdauer, um zu wirklich herausragenden Leistungen zu kommen. Unter pubertären Schülern mag ein „Streber" alles andere als Ehre und Anerkennung verdienen, Jugendliche haben ihren eigenen, sehr speziellen Ehrgeiz. Eifrig bei einer Sache zu sein, die vielleicht bei Erwachsenen nicht sehr angesehen ist, das ist schon ok. Teenager leben die Konkurrenzgesellschaft auf ihre Weise.

Der Ehrgeizige engagiert sich nicht still und selbstlos für Andere. Er strebt in erster Linie nach persönlichem Erfolg, guter Leistung und entsprechender Anerkennung, Wissen, Einfluss, Macht. Schön ist es ja, wenn der Ehrgeizige auch noch über Teamgeist und Einfühlungsvermögen verfügt. Das mindert den Neid auf seinen Erfolg. Wo wären wir denn ohne ehrgeizige Forscher, Künstler, ja auch Politiker? Wir alle brauchen sie, klar, aber was für eine Quälerei!

Wie kommt jemand zu seinem ausgeprägten Ehrgeiz? Es ist sicher größtenteils so, dass Einflüsse aus dem familiären und sozialen Umfeld und irgendwelche Vorbilder eine Leidenschaft wecken. Ich behaupte aber, zu diesem Cocktail kommt man durch Ärger und Leiden. Man will es irgendwem zeigen, der einen quält oder nicht für voll nimmt oder einfach nicht bedingungslos und ohne erbrachte Leistung liebt, sagen wir mal: Eltern. Wer es in einer sportlichen Disziplin oder an einem Musikinstrument zu großen Leistungen bringen will oder soll, muss sehr früh anfangen zu trainieren, zu üben, am besten, sobald er/sie stehen kann, und dann mehrere Stunden am Tag, sonst wird das nichts mit der Ausbildung der nötigen Synapsen der Eiskunstläuferin, Turnerin, des Pianisten.

Ich habe einen Ehrgeizigen vor Augen, dem auf diese Weise die Kindheit gestohlen wurde. Sein Vater gab ihm mit vier Jahren sehr strengen Unterricht am Instrument, führte ihn zu sehr frühen Erfolgen. Von seinem fünften Lebensjahr an stand der Knabe auf der Bühne, wurde in die strengen Rituale der Klassik-Szene gepresst - Anzug, Verbeugungen, charmant lächeln, vorgeschriebene Interviews, vorgeschriebenes Repertoire etc. Mit acht war klar, dass er ein Star werden würde. Für einen normalen Schulbesuch oder gar Freunde zum Spielen blieb keine Zeit. Der Wunderknabe erhielt Privatunterricht. Mit zwölf war er Berufsmusiker, übte acht Stunden am Tag und wurde mit der Anerkennung der Koryphäen in der Musikwelt belohnt.

Das alles war natürlich mit vielen Tränen, Kämpfen und Bitterkeit verbunden. Warum hat der Vater ihn so gequält? Ehrgeiz und eine strenge Disziplin waren Familienwerte. Auch die Mutter, eine ehemalige Primaballerina vertrat sie vehement und konnte sich ein karrierefreies Leben gar nicht vorstellen. Der ältere Bruder hatte es irgendwie verstanden, sich der konsequenten Förderung zu entziehen, war auch früh ausgezogen. Jetzt richtete sich alle elterliche Energie auf Nummer zwei.

Mit achtzehn kam der Befreiungsschlag. Er zog aus und weit weg, ging nicht an das von den Eltern gewünschte College, sondern ins weit entfernte Ausland und studierte auch lange nicht. Natürlich absolvierte er dann doch irgendwann eine umfangreiche und besondere Ausbildung in Musikwissenschaften und perfektionierte seine Kunst, jetzt aus eigenem Antrieb und mit eigenem Schwerpunkt. Er war nun einmal gut auf seinem Gebiet. Nun verweigerte der Vater seine Unterstützung, denn all dies fand außerhalb seiner Reichweite statt. Der Student schlug sich mit Gelegenheitsjobs durch. Der Ehrgeiz hatte ihn wieder fest im Griff, nun vaterlos. Es war sein eigener geworden.

Dann fiel ihm ein besonderer Coup ein: Um eine besondere Marke auf dem Musikmarkt zu werden und auch kommerziell erfolgreich zu sein, verpasste er sich ein lockeres Image, weg von den steifen Konzertsälen und Ritualen. Man war entsetzt und das Beste war: Sein Vater war entsetzt. So viel Mühe und Kampf und sein Sohn kam langhaarig in lockerem Outfit daher. „Wie ein Penner", sagte sein Vater. Seine öffentlichen Auftritte hatten Eventcharakter und er spielte, was er wollte, das aber natürlich bemerkenswert gut. Nur um sich zu beweisen, dass er auch anderes gut konnte, betätigte er sich gelegentlich in anderen Disziplienen, z.B. als Schauspieler – natürlich stets erfolgreich.

Hinter dem lockeren Image verbarg sich nach wie vor ein Tage füllendes, sehr diszipliniertes, hartes Üben, das vieles andere ausschloss. Er war eben einer, der sich ewig strebend bemühte. Diese Narbe blieb ihm: Muße für ein erfüllendes Privatleben war er nicht gewohnt, für engere Beziehungen oder gar eine Bindung hatte er nie Zeit. Eines Tages schickte ihm sein Körper die Botschaft: Ich will eine Pause. Sein rechter Arm war blockiert und schmerzte.

Kaum hatte er das überwunden, kamen Corona und Lockdown. Es gab keine Tourneen, keinen Dauerstress, er war zur Muße gezwungen. Da geschah es: Er landete tatsächlich in einer engen Beziehung und verschwand erstmal aus der Öffentlichkeit.

Als seine Partnerin schwanger wurde, kam die Frage auf: Wie würde er wohl mit einem Sohn oder einer Tochter umgehen? Seine

Karriere opfern? Den Ehrgeiz weitergeben? Ein unumgänglicher
Maßstab für den Spross sein? Könnte er Zeit aufbringen zum Spielen, genug Demut für eine liebevolle Erziehung? Wir wünschen es
ihm und seinem Kind in spe.

Zur Kur

Wir waren da einfach so reingeschliddert. Wir hatten einen Auf-
enthalt in diesem Ort nicht geplant, wir kannten ihn gar nicht. Auf
unserer Tour entlang der nordamerikanischen Ostküste fuhren wir
immer weiter nach Norden und hatten es aufgegeben, im Voraus
eine Unterkunft zu buchen. Es hatte bis dahin so geklappt. Hier nun
wurde es doch schwieriger. Es wurde Herbst und hier oben war
einfach schon vieles geschlossen. Wir mussten durchfahren bis in
die Kleinstadt, von der es hieß, die schließe nie, auch im Winter
nicht. Und Winter heißt hier: Tonnen von Schnee, Stürme, ver-
sperrte Straßen.

Wir mieteten uns in einer gemütlichen, sehr geschmackvoll
eingerichteten kleinen Pension ein, die von zwei mittelalten Herren
betrieben wurde. Es wurde bald klar, dass die beiden sich jeweils
aus einer hochkarätigen beruflichen Karriere zurückgezogen hatten,
um hier miteinander und so leben zu können, wie sie wollten. Sie
kümmerten sich sehr herzlich um uns und versorgten uns mit guten
Tipps und Restaurant-Empfehlungen für den Abend.

Im Foyer trafen wir ein etwas jüngeres schwules Paar, das uns
unbedingt schnell mal sagen musste, wie froh sie waren, es hierher
geschafft zu haben. Sie kamen auch von weit her, aus den Südstaa-
ten, und erfüllten sich hier ihren Traum von einem Urlaub, einem
Ort, wo man sein kann, wie man will.

Ein Spaziergang durch den Ort machte dann unmissverständlich
klar, dass wir in einer Schwulenhochburg ersten Grades gelandet
waren. Wo immer wir hinsahen und wen immer wir sprachen, als

Heteropärchen waren wir hier absolut die Exoten. Normalerweise verirrten sich keine Heteros in diesen Ort und zuhause wäre uns das sicher auch nicht passiert. Dann wären wir allerdings um eine Erfahrung ärmer geblieben.

Wir folgten den Ratschlägen unserer Wirte und landeten in einem gepflegten Pub. Ruhige Atmosphäre, vorzügliches Essen. In Amerika kann man aber nach dem Essen nicht so schnöselig wie in Deutschland einfach an seinem Tisch sitzen bleiben. Wir wurden an die Bar gebeten, wo schon andere Gäste saßen, nach unseren Vornamen gefragt und reihum vorgestellt. Wir lernten einen bärtigen Dan, einen spindeldürren John und einen sehr jungen, schüchternen Jimmy kennen, der wohl wie wir zum ersten Mal hier war und etwas verhuscht auf seinem Hocker in der äußersten Ecke rumhing.

Smalltalk in alle Richtungen, Wohnzimmerfeeling. Alle lockerten sich, sehr unterschiedliche Leute alberten sehr unverkrampft miteinander herum. Neben mir war noch ein Barhocker frei.

Zwei Gin Tonics später rauschte ein Wesen in quietschblauem Fummel und mit blonder Langhaarperücke ein, grüßte alle mit tiefer Stimme und setzte sich auf genau diesen Hocker, mit einem Lächeln, als wäre er mit mir verabredet gewesen und eigentlich nur meinetwegen hier.

Das musste ich nun doch erstmal verdauen: Lange, schlanke Beine in Perlonstrümpfen, kniefreies Kleid, Perlenkette und üppige Schminke, nicht mehr ganz jung. Aber es fehlte völlig die Art von Mimik oder Gestik, die ich vielleicht dazu erwartet hätte, die ich aus Begegnungen zuhause gewohnt war. Ohne diesen Aufzug wäre ich der Meinung gewesen, meine Gin Tonics mit einem Vollhetero zu schlürfen. Deshalb formuliere ich es mal so: Mein Mann und ich verbrachten den ganzen Abend und die halbe Nacht nicht mit ihr, sondern mit ihm.

Bei Gin Tonic Nummer vier wussten wir bereits, dass er aus Boston kam, dort seit Jahrzehnten mit einer sehr netten Frau lebte, zwei akademische Kinder und eine beachtliche internationale Karriere als Chemiker hinter sich hatte. Professuren in der Schweiz und am MIT, dem berühmten Massachussetts Instititute of Technology. Whow! Er schwärmte von Boston und auch von diesem Ort hier. Er kam jedes Jahr einmal her, um in dieser lockeren Atmosphäre aufzutanken.

Nach dem sechsten Gin Tonic war klar, dass er sich keinen Ruhestand gönnte, sondern es auch in seiner zweiten Karriere als Bildhauer zu internationalem Erfolg gebracht hatte. Er erzählte faszinierend, fragte auch viel, debattierte viel. Nirgends ließ er ein Anzeichen des Erstaunens erkennen, dass so Leute wie wir hier herumsaßen. Wir unterhielten uns bestens, aber ich glaubte kein Wort.

Am nächsten Morgen taperten wir etwas verkatert durch den Ort und fragten uns, ob wir letzten Abend nicht doch nur einiges geträumt hätten. Alkoholbedingte Halluzinationen. Da hupte es.

Der Blondschopf winkte uns zu wie alten Bekannten und rief noch: „Ihr müsst mich unbedingt mal in Boston besuchen!" Eine sehr amerikanische Höflichkeitsfloskel, die nichts Konkretes bedeutet. Wiedersehen müsste man sich wohl hier. Was immer diesen Menschen regelmäßig hierher zog, er machte wohl einfach Urlaub, wovon auch immer, wie andere zur Kur fahren. Vielleicht sollten wir auch einmal im Jahr hier auftauchen, schoss es mir durch den Kopf, und uns ein paar unterhaltsame Geschichten erzählen lassen.

Zuhause googelte ich hin und her und stellte fest, dass alles, was er uns erzählt hatte, der Wahrheit entsprach.

Erste Begegnung

Lange versucht, endlich hat's geklappt – die Regel blieb aus, die Brust meldete einen neuen Hormonmix, Übelkeitsattacken und Heißhunger auf die unmöglichsten Sachen.

Das ist so fundamental aufregend, weil nicht nur mit dem eigenen Körper und dem Selbstbild alles anders wird, sondern auch, weil sich in der Beziehung zu Familie, Freunden, Kollegen so furchtbar vieles ändert. Frau wird ein anderes Wesen. Sie ist wirklich in anderen Umständen.

Nach dem werdenden Kindesvater erfuhr als Erster mein Schulleiter von der Neuigkeit, denn er musste ja wissen, wer ihm in absehbarer Zeit fehlen würde und für Ersatz sorgen, wenn es irgend ging. Obwohl das seinen Stundenplan ziemlich durcheinanderbringen würde, stieß er kleine, ehrliche Freudenschreie und Glückwünsche aus. Er mochte mich offensichtlich und freute sich aufrichtig und sozusagen großväterlich mit.

Wenige Wochen später war im Kollegium das Gerücht aufgekommen, dass hier irgendwer schwanger sei. Man spekulierte. Vielleicht Sabine, die ist ja schon nicht mehr die Jüngste, wurde ja auch Zeit. Oder Natalie – die hat einfach von Natur aus so was Familiäres, bei der schreit alles nach Mutterschaft. Auf mich kam keiner, war einfach nicht vorstellbar. Als es dann raus war, legte mir die allseits sehr respektierte, etwas ältere Kollegin Frau Dr. Schulz vorsichtig ihre Hand auf den Bauch und hauchte mit erhobenen Augenbrauen: „Was hör ich da?" Das fand ich doch mal sympathisch und grinste freundlich zurück.

Kollegen, die sich als nette Kollegengruppe, als Clique, begriffen, weil man sich so gut verstand, sprachen überraschend förmlich klingende Glückwünsche aus. Wahrscheinlich rechneten sie schon durch, wie viel Mehrarbeit durch mein Fehlen demnächst auf sie zukommen würde. Der Senior Herr Kunkel wünschte „weiterhin gute Besserung". Der Schulrat befand: „Es tut dem Kind und Ihnen natürlich am besten, wenn Sie regelmäßig arbeiten und solange es geht. Glauben Sie mir, ich bin auch Vater." Er meinte damit, ich sollte lieber nicht in den Innendienst gehen.

Der Personalrat konnte meine Fragen bezüglich meiner unmittelbaren beruflichen Zukunft und rechtlichen Lage gar nicht beantworten und beschwerte sich über die „Konsumentenhaltung der Kollegen", er meinte meine Fragen und diese unverschämte Annahme, dass er sie beantworten könnte. „Wir können doch nicht alles wissen." Um mich aber doch irgendwie zu unterstützen, wollten sie einen problematischen Satz des Schulrats in meinem jüngsten Gutachten anfechten und dafür sorgen, dass ich dann bald, also im sechsten Monat, noch mal Unterrichtsbesuch vom Schulrat bekäme. Das war genau, was ich brauchte.

Bislang hatte auch ich die Gesetzgebung in Sachen Mutterschutz für sehr großzügig gehalten. Aber mit fortschreitender Schwangerschaft öffnete sich eher der Blick und ich entwickelte umfassendes Verständnis für die mangelnde Beweglichkeit mancher Behinderter und die Zipperlein, die vielleicht eine 90-Jährige hat. Rücken, Bauch, Blase, Schlafmangel, Frühwehen. Nichts ging mehr.

Und dann war ich tatsächlich krankgeschrieben und weg. Nur der Chef rief mal an, fragte, wie es ginge, und teilte den neuesten Klatsch mit: noch zwei weitere Schwangere und Lucie heiratet den – nun ja – den allseits als Schnösel bekannten Rainer. Die Schüler, die in der Schule ein bisschen neugierig, ein bisschen fürsorglich mit mir umgegangen waren, meldeten sich auch jetzt bei mir, berichteten aus der Schule, kamen auch mal zu Besuch.

Meine Freundin Gabi, die selbst seit einiger Zeit auf eine Schwangerschfat hoffte, umarmte mich herzlich, aber ihr Lächeln bekam schnell etwas Frostiges und in der Folge sahen wir uns seltener. Sie hatte mit meinem neuen Zustand zu kämpfen und es würde sicher erst wieder einfacher zwischen uns, wenn auch bei ihr die Umstände andere würden.

Als wir unseren engsten Freunden Lutz und Lisa, einem voller Überzeugung kinderlosen Pärchen, unsere Neuigkeit überbrachten, reagierten die beiden etwas mitleidig ob des freudlosen Lebenswandels, der da auf uns zukäme und mit einer gewissen Distanz, denn in Zukunft würden wir sicherlich als Partygänger und in der Kartenrunde ausfallen. Überhaupt sah man uns nun deutlicher als Paar, als zukünftige Familie sozusagen. Wir übrigens auch. Auch meine Mutter, die bislang meine Partner eher als meine vorübergehenden Launen angesehen hatte, schwenkte jetzt um zu der Gewissheit, dass der Kindesvater nun wohl unser aller Zukunft sei. Die anderen WG-Mitglieder zogen umgehend aus. Die Wohnung wurde sukzessive umgestellt auf Kind.

Mit dem Bauch wuchs auch die Anzahl guter Ratschläge. Freunde, die schon Eltern waren, Marlene, Rosi und Elli z.B., durchlebten sozusagen mental nochmals ihre eigenen Schwangerschaften und v.a. Entbindungen. Ihre Erzählungen hörten sich an wie ein Horrortrip; ich überlegte kurz, ob es noch irgendeinen Ausweg aus der kommenden Katastrophe gäbe. Nein, gab es nicht. Da musste ich durch, das war alternativlos. Und sollte ich das unbeschadet überleben, würde danach auch alles anders und *so* anstrengend.

Jetzt hatte ich vorübergehend genug Muße, um mir sorgenvolle Gedanken darüber zu machen, wie ich wohl Job und Kind oder tatsächlich Familie, unter einen Hut kriegen würde. Wird schon stressig werden, sagte ich mir dann, haben andere aber auch geschafft. Fußtritte und Ellenbogengetrommel im Bauch fühlten sich an wie Zustimmung.

Die neue Entwicklung veränderte auf skurrile Weise auch das Verhältnis zu meiner Mutter. Nach dem ersten Zweifel: „Du bist schwanger? Wer weiß, ob das stimmt", akzeptierte sie wohl doch die neue Tatsache mit der Erkenntnis: „Na, deine Figur ist dann ja hin." War es die Gewissheit, dass mit meiner Mutterschaft ein Verlust für sie einhergehen würde? Ich würde dann nicht mehr Kind sein, sondern eine Mutter. Und ich hätte auch wahrlich noch andere Pflichten als die einer Tochter gegenüber einer kränkelnden Mutter. Da ich ja nun nicht mehr arbeiten musste, hätte ich doch eigentlich öfter zu Besuch kommen können. Nein, hätte ich nicht. Ich war sehr unbeweglich. Treppen steigen war zu vermeiden. Ich hatte den Gang einer angeschossenen Ente und war schnell erschöpft. Sie konnte Gott sei Dank auch nicht kommen. „Du weißt, mein Bein …"

Der Entbindungstermin nahte und wurde langsam auch herbeigesehnt. Wir werdenden Eltern sinnierten nun häufiger darüber, wer da wohl zum Vorschein kommen würde. Und doch sah ich mich auch kurz vor der Entbindung erstmal nur als Schwangere.
Der Bauch musste jetzt jedenfalls endlich weg. Es dauerte. Wir waren zwei Wochen über der Zeit. Dann wurde der Zwerg geholt, was wirklich eine längere Prozedur war, die ich hier lieber nicht beschreibe. Aber eins sei gesagt. Überraschend sind nach neun Monaten Spekulation, Vorfreude und Angst vor allem zwei Dinge:
Erstens: Plötzlich ist der Bauch wirklich weg, naja, weitgehend. Und zweitens: Da kommt wirklich ein Kind raus. Ein kleiner Mensch. Der hängt noch an der Nabelschnur, guckt dich aber groß an und schreit dann los. Uns Eltern entfuhr im Chor: „Hallo du, da bist du ja!" Und alles andere war so was von unwichtig.

Das hilft

Mir tut ja immer alles weh. Ich bin einfach marode. Meine Tante Erna hat auch schon immer gesagt: „Wenn du morgens aufstehst und dir tut nüscht weh, biste tot." Morgens hab ich erstmal Knie und Kopf, liegt aber nicht am Likörchen vom Vorabend, war ja gar nicht so viel. Das macht mein Magen nicht mehr mit. Am Tag stört das Verdauungssystem und abends habe ich Rücken.

Ich bin ja viel zum Arzt gegangen. Im Wartezimmer triffst du immer Bekannte und nach einer Weile auch immer dieselben Patienten. Man muss immer so lange warten, da kann man schon mal ein bisschen plauschen. Wir haben ja hier keine ordentliche Kneipe. Und wenn mal keiner da ist, gibt es Zeitungen umsonst. Vom Arzt hab ich immer ein schönes Rezept bekommen für die nächsten Wochen für meine Pillen und mal eine Massage. Aber jetzt der neue Doktor, der verschreibt nicht mehr so schnell was. Der sagt, ich soll mal ein bisschen Sport machen, wenigstens mehr spazieren gehen oder Rad fahren und ob ich denn schon mal darüber nachgedacht hätte, mir einen Hund anzuschaffen. Mit Medikamenten ist der geizig. Massagen würde ich mir ja gefallen lassen, aber die gönnt er mir auch nicht. Ich könnte gerne mal zur Physiotherapie gehen. Das würde er mir schon verschreiben. Aber heutzutage ist mir bei Physiotherapie zu viel Bewegung drin. Seit Corona war es im Wartezimmer auch nicht mehr gemütlich, keine Leute, keine Zeitung, Online-Termine! Also lass ich das jetzt.

Meine Freundin Lisbeth und ich sind sowieso auf alternative Medizin und Natürliches umgestiegen. Lisbeth nimmt bei starken Halsschmerzen immer ein Schlückchen Morgenurin. So weit will ich nicht gehen, ich greife dann zu Quarkwickel und Zwiebelsaft, obwohl – das stinkt auch ein bisschen. Zur Vorbeugung gönne ich mir jeden Tag einen Löffel Apfelessig und eine rohe Knoblauchzehe, das mache ich schon. Zum Frühstück gibt es einen schönen Joghurt mit Kreuzkümmel und Kurkuma und einen Ingwershot. Wenn das nicht hilft, lasse ich mir vom Homöopathen Kügelchen verschreiben. Die helfen total und gegen alles, glaube ich. Lisbeth schwört auf Schüssler Salze. Die wären so vielfältig und sehr wirkungsvoll und gingen überhaupt nicht auf den Magen, glaubt sie. Neulich war ich bei einem Chiropraktiker, weil mein Genick total verrenkt war. Der hat mir in beide Ohren gefasst, um Spannungen zu lösen, hat er gesagt, und dann etwas am Genick rumgeruckelt. Danach war alles wieder gut, schlagartig. Darauf habe ich mit Lisbeth ein, zwei Likörchen getrunken.

Rebellion

Überall auf der Welt kann man mit „Hey, you guys" angesprochen werden und niemand würde sagen, meinst du mich? Ich heiße doch nicht Guy(*gai*) oder Guy(*gih*) oder Guido, ich heiße Anna oder Otto. Nein, man fühlt sich angesprochen. Aber wer weiß schon etwas über den ursprünglichen Namensträger?

Guy war ein zartes Kind, das einzige Kind seiner sehr frommen und strengen Eltern. Sie dachten, sie täten ihm etwas Gutes, als sie ihn auf ein streng religiöses Internat schickten. So was konnte sich schließlich nicht jeder leisten. Ihm gefiel das aber gar nicht. Eigentlich gefiel es keinem Schüler. Sie litten unendlich, aber nicht alle machten später Guys Entwicklung. Was man dort unter Erziehung verstand, war eigentlich Folter, physisch und psychisch. Es wurde abgehärtet und geformt, gequält, geprügelt, kurz gehalten. Als er diese Zeit überstanden hatte, hatte Guy eine gründliche Abneigung gegen alles Protestantische aufgebaut und wechselte – schon um seine Eltern und alle anderen verhassten Quäler zu ärgern - zum Katholizismus. So was kommt ja öfter vor: Nicht–Unterdrückte engagieren sich in der Welt der Unterdrückten, aus moralischen Motiven und um der eigenen Wut eine Zielscheibe zu geben.

Da er Drill und Strenge nun schon mal gewohnt war, ging er zum Militär. Er kämpfte zwölf Jahre lang sehr engagiert für den europäischen Katholizismus, also auf französischer und spanischer Seite, und bekam dafür viel Anerkennung. Seine Eltern und ehemaligen Erzieher waren entsetzt. Sie verstanden die Welt nicht mehr.

Tatsächlich wurde die katholische Minderheit in England diskriminiert, schikaniert, in jeder Hinsicht benachteiligt, bei Protesten eingesperrt und im Gefängnis gefoltert. Guy sah sich stets als Kämpfer für die Gerechtigkeit und mit zunehmender Vehemenz als Rächer der Unterdrückten. Er fand die politischen Zustände immer empörender, unerträglicher; es änderte sich so gar nichts. Das war so frustrierend. Da kam ihm die Idee mit der Bombe.

Er suchte Mitstreiter, sie bildeten sozusagen eine kriminelle Vereinigung, mieteten einen Keller an, um dort einige Fässer Schießpulver zu deponieren, wie es heute für Feuerwerkskörper und Böller verwendet wird. Wir reden von zwei Tonnen, das reicht für einen ganz schönen Knall. Das hätte gutgetan. Und es war ja nicht irgendein Keller, in dem es knallen sollte, sondern der unter dem Parlamentsgebäude. Der Plan war, bei einem Treffen aller Staats- und Kirchenhäupter des Landes das Gebäude in die Luft zu jagen und in diesem Zuge auch ein paar inhaftierte Gesinnungsgenossen zu befreien. Eine Gewalttat mit edlen Zielen.

Es ging schief. Irgendwer hatte den Plan verraten. Waren es verdeckte Ermittler oder hatten einige Mitverschwörer kalte Füße bekommen? Man weiß es bis heute nicht, aber die Folgen waren sehr unschön. Guys Komplizen wurden gehängt, ihre Körper den damals, also 1605, üblichen Gepflogenheiten gemäß ausgeweidet. Er selbst entzog sich dieser Prozedur durch einen Sprung vom Galgen, bei dem er sich das Genick brach, also durch eine veritable Kamikaze-Tat. Yes, you guys, dieser gescheiterte Terrorakt ist Guy Fawkes nicht gutbekommen, aber die Welt kennt noch heute seinen Namen und feiert den Guy Fawkes Day. Ganz schön viel Ruhm für einen Terrorakt.

Auch John freut sich jedes Jahr auf den 5. November, Bonfire Night, wenn es pufft und knallt wie anderswo in der Welt zu Silvester und, rein symbolisch natürlich, der besagte Keller unter dem House of Parliament nach Sprengstoff durchsucht wird. Es ist ihm herzlich egal, dass hier eigentlich der Sieg über eine Verschwörung gefeiert wird. Wen interessiert das heute schon noch? John freut sich auch über das große Feuer, bei dem eine Guy-Strohpuppe verbrannt wird. Seit er bei der Jugendgruppe der freiwilligen Feuerwehr mitmacht, darf er sie nicht nur anzünden und daran die Hände wärmen, sondern auch beim Löschen helfen.

Sein älterer Bruder Tony hat sich die Graphic Novel „V like Vendetta" besorgt, mit ein paar Freunden sieht er sich jedes Jahr den Film dazu an. Das ist Tradition, einfach Kult. Der Held Guy ist darin ein Rebell, ein Kämpfer für Gerechtigkeit und Rächer aller Ungerechtigkeiten und fiesen Machenschaften, wo und von wem auch immer. Die Rächer treten anonym, mit einer Maske, auf.

Ob Guy Fawkes wirklich so aussah? Nein, so sieht niemand aus. Das Gesicht ist sehr weiß, die Gesichtslinien schwarz, die Augen zu Schlitzen verengt. Sie grinst breit, verschmitzt bis gemein. Ein überlegenes, ein Siegergrinsen. Alles sehr unnatürlich. Entworfen hat sie ja auch ein Karikaturist.

Tony hat sich neulich im Internet eine Guy-Fawkes-Maske aus diesem Film bestellt. Als das Paket kam, haben beide erst lange damit rumgeulkt. Dann fragte John: „Sag mal, Tony, was hast du eigentlich damit vor?" - „Verstehst du nicht, Kleiner", antwortete Tony. Na, das war ja wohl die Höhe. Schließlich kam's doch raus. Tony hatte gelesen, dass in Internetforen, bei Hackerangriffen und öffentlichen Kundgebungen, die sich als Angriffe auf das internationale Finanzkapital begriffen, diese Maske verwendet wurde. Jetzt wollte er an einer solchen Demo teilnehmen. „Das ist doch voll cool", schwärmte er. „Hinter so einer Maske steckt jemand mit einer kritischen Haltung, ein Revolutionär, der sagen möchte, dass er auch bereit wäre, für seine Überzeugungen sein Leben zu lassen. Und alle Demonstranten sehen gleich aus."

John verdrehte leicht die Augen und gab ein leises Stöhnen von sich. Da müsste man doch mal Unterschiede sehen, sagte er. Leute, die aus Rebellionsgründen bereit sind, für ihr Anliegen anderer Leute Leben und gelegentlich auch ihr eigenes zu beenden, also die wirklich gefährlichen, tragen gar keine Masken.